Bianca

Anne Oliver
El precio de la fama

HARLEQUIN™

Editado por HARLEQUIN IBÉRICA, S.A.
Núñez de Balboa, 56
28001 Madrid

© 2012 Anne Oliver. Todos los derechos reservados.
EL PRECIO DE LA FAMA, N.º 2224 - 10.4.13
Título original: The Price of Fame
Publicada originalmente por Mills & Boon®, Ltd., Londres.

I.S.B.N.: 978-84-687-2724-0
Depósito legal: M-2869-2013
Editor responsable: Luis Pugni
Fotomecánica: M.T. Color & Diseño, S.L. Las Rozas (Madrid)
Impresión en Black print CPI (Barcelona)
Fecha impresion para Argentina: 7.10.13
Distribuidor exclusivo para España: LOGISTA
Distribuidor para México: CODIPLYRSA
Distribuidores para Argentina: interior, BERTRAN, S.A.C. Vélez
Sársfield, 1950. Cap. Fed./ Buenos Aires y Gran Buenos Aires,
VACCARO SÁNCHEZ y Cía, S.A.

Capítulo 1

NIC Russo siempre planeaba cualquier eventualidad. La nube de ceniza volcánica procedente de Chile que estaba barriendo toda Australia ya había empezado a afectar al transporte aéreo y, en cualquier momento, todos los vuelos del aeropuerto de Melbourne iban a ser cancelados.

Su instinto jamás le fallaba y no tenía intención alguna de convertirse en uno de esos pasajeros atrapados en el caos.

Mientras estaba en la fila de facturación, llamó a la recepción del hotel que había en el aeropuerto. Entonces, oyó la voz de Kerry al otro lado de la línea telefónica. Sonrió.

—Hola, nena. Soy Nic.

—Hola, Nic.

—¿Cómo va todo por ahí?

—Hay mucho jaleo.

—Me lo imagino. Me parece que, después de todo, voy a necesitar esa reserva.

—No eres el único. Hay una lista de espera interminable.

—Ah, pero esas personas no conocen a la recepcionista como la conozco yo —sonrió—. Los enchufes, querida Kerry...

—Lo son todo. Sí, ya lo sé —comentó mientras tecleaba en el ordenador–. Entonces, ¿se trata de una habitación individual?

–Depende –dijo él con voz profunda y sugerente–. ¿Cuándo terminas de trabajar?

–Eres incorregible –replicó ella, riendo.

–Me lo dices constantemente –comentó él. Nic se imaginó la risa en los labios de Kerry. Sabía que ella y su pareja se reirían al respecto aquella noche–. Si sigo en tierra cuando termines de trabajar, ¿quieres pasarte para que te pueda dar las gracias invitándote a una copa?

Mientras hablaba, su atención se vio reclamada por la esbelta morena que guardaba la fila delante de él. Aquella mujer también había viajado en el mismo vuelo procedente de Adelaida en el que Nic había volado aquella misma mañana. Se había percatado de su perfume entonces igual que en aquel preciso instante, una esencia francesa y cara que, a la vez, resultaba ligera y refrescante.

Sin embargo, ¿era solo el perfume lo que había capturado su atención? Las mujeres de aspecto tan pulcro y conservador no eran su tipo, pero ciertamente... aquella mujer tenía algo. Algo intemporal. Aquel pensamiento lo turbó durante un instante. Solo durante un instante. A Nic no le iba en absoluto la nostalgia y el sentimentalismo en lo que se refería a las mujeres. De hecho, el sentimentalismo no le iba en absoluto. Punto final.

No obstante, así era exactamente como aquella mujer le hacía sentirse. Eso era lo raro. Se podía imaginar estar así, detrás de ella, al borde de un plácido lago observando cómo salían las estrellas. Apartándole el collar de perlas y los mechones de sedoso cabello, colocándole la boca justo allí, en aquel esbelto cuello.

–Me encantaría volver a verte –le dijo Kerry devolviéndolo a la realidad–, pero, en este momento, la situación está tan complicada que no sé hasta cuándo va a durar mi turno.

–No pasa nada. Estás muy ocupada. Te dejaré que sigas trabajando, pero espero verte muy pronto. *Ciao*.

Cortó la llamada sin poder apartar los ojos del cuello de aquella mujer. Trató de apartar de sí la extraña sensación que ella había invocado dentro de él y la estudió de un modo puramente objetivo.

¿Qué clase de mujer llevaba perlas hoy en día? A menos que se hubiera vestido para una fiesta con la realeza.

Observó los hombros, cubiertos con una americana, y luego pasó a examinar la falda a juego, por debajo de la rodilla y el bien moldeado trasero, que tanto apetecía acariciar..

Ella había estado sentada en el asiento del pasillo una fila detrás de él. Llevaba sus cascos de música puestos y tenía los ojos completamente cerrados y los dedos rígidos sobre el portátil. No llevaba ningún anillo en la mano izquierda, pero sí uno muy grande en la derecha. Tal vez le ocurría lo mismo que a él. Desgraciadamente, la agobiante claustrofobia que le producía verse sellado herméticamente en una lata de sardinas volante era para Nic una tediosa necesidad en su vida.

Fuera cual fuera la razón de su tensión, aquella mujer había supuesto una intrigante distracción para él. La aparente falta de interés por parte de ella le había dado a Nic la oportunidad de observarla y de preguntarse si aquella boca color melocotón sabría tan deliciosa como parecía. Sobre cómo respondería ella si él llevaba a cabo sus planes. La expresión que vería en sus ojos si ella los abriera y lo viera observándola.

Sonrió. Sí, aquello era más propio de él. La excita-

ción de la caza, la inevitable conquista. La temporali-
dad. Nada de esa tontería del sentimentalismo.

Dio un paso al frente para avanzar con la fila.

Ella también viajaba a Fiji. No parecía una mujer de
negocios, pero tampoco tenía el aspecto de una turista.
Tal vez Nic tendría la suerte de que ella se sentara a su
lado para que él pudiera pasarse las siguientes horas
descubriendo el color de sus ojos y si había una mujer
apasionada bajo aquella apariencia aburrida y conservadora.

Eso, asumiendo que el avión despegara.

Ella se acercó al mostrador de facturación y colocó
una enorme maleta sobre la cinta transportadora. Un
instante más tarde, Nic observó cómo ella se alejaba,
con sus misteriosos ojos ocultos tras un par de enormes
gafas. ¿Sería una famosa o pertenecería a la alta sociedad?

Se limitó a poner su propia maleta sobre la cinta
transportadora y sacó sus documentos. Fuera aquella
mujer quien fuera, él no la reconocía.

Se dirigió hacia el control de pasaportes, incapaz de
apartar los ojos de aquel atractivo trasero. «Olvídalo, Nic.
No es tu tipo». Desgraciadamente, su cuerpo no quería
escuchar. Por eso, se detuvo deliberadamente, se quitó la
chaqueta y la guardó en su equipaje de mano. Entonces,
estudió el panel de salidas durante un instante. Se suponía que debía utilizar aquel vuelo para resolver ciertos
problemas que le estaba dando el juego en el que estaba
trabajando en aquellos momentos, no pensando en una
desconocida que, además, no era su tipo.

Volvió a verla entre la multitud. De repente, todos
los pensamientos carnales se desvanecieron. Un periodista al que él reconoció y que pertenecía a una de las
revistas locales le estaba cortando el paso. Ella negaba

con la cabeza, pero el tipo, que fácilmente era el doble de corpulento que la mujer, no hacía más que impedirle que avanzara. Su actitud resultaba muy intimidante.

Nic sintió que se le hacía un nudo en la garganta al recordar imágenes de su propia infancia. En aquellos momentos, como estaba ocurriendo en aquel instante, nadie fue a ayudar. A nadie le importó. Nadie quiso implicarse.

«Ni hablar». Agarró su equipaje de mano y avanzó con rapidez. No iba a permitir que aquel acosador se saliera con la suya.

—Déjeme en paz —oyó que ella decía—. Ya le he dicho que me ha confundido usted con otra...

—Por fin te encuentro —dijo Nic al acercarse a ella—. He estado buscándote por todas partes.

Ella se volvió para mirarlo. La impecable piel de su rostro tenía un aspecto pálido y frágil, como si se tratara de una delicada rosa que se enfrenta a la primera ola de calor del verano. De cerca, el perfume que emanaba de su piel resultaba aún más sensual.

Nic no le apartó los ojos del rostro, deseando que ella le diera la oportunidad de que no quería importunarla.

—Fuera de aquí, amigo —le espetó al periodista—. Ya te ha dicho que te has equivocado de mujer.

Charlotte parpadeó. Un instante antes estaba desesperadamente tratando de negar su identidad y, en aquel momento, se veía frente a un desconocido de camisa oscura y abdominales de acero que parecía estar pensando que ella era otra persona.

Unas enormes manos le sujetaron los hombros. Una profunda voz resonó junto a su mejilla.

–Confíe en mí y sígame la corriente –susurró.

Ella se quedó inmóvil. El corazón le latía con fuerza contra las costillas y le hacía temblar por dentro. Agarraba con fuerza el asa de su equipaje de mano mientras que los brazos de él la inmovilizaban como si fueran las barras de una celda. Bueno, no del todo. Resultaban grandes y cálidas, protectoras en vez de represoras. Sin embargo, aquel hombre no parecía conocerla, por lo que se aferró a la vía de escape que él le ofrecía como si le fuera en ello la vida y se obligó a sonreír.

–Pues aquí estoy... cielito.

Él levantó las cejas al escuchar aquello y, a continuación, asintió una única vez. Entonces, devolvió la sonrisa y le deslizó las manos de los hombros para colocárselas sobre la espalda.

Antes de que ella pudiera volver a respirar, los labios de él tocaron los de ella. Tierna, pero firmemente. Charlotte recordó las palabras que él había pronunciado y sintió que los pechos se le erguían y vibraban con un seductor calor.

Durante un instante, se perdió en aquel beso. Apenas podía escuchar las voces que había a su alrededor. Aquel hombre sabía besar muy bien. Una voz en su interior le advertía que no lo conocía, pero, a pesar de todo, en vez de alejarse de él, le devolvió el beso.

Él la estrechó entre sus brazos y la besó más profundamente. Para Charlotte, aquello fue una experiencia inigualable. Jamás había experimentado algo parecido. En la distancia, escuchó que se anunciaba algo por los altavoces, pero la parte de su cerebro que se ocupaba del pensamiento racional había dejado de funcionar.

Charlotte sentía que las manos de él bajaban más y más, que los dedos le acariciaban la columna vertebral y se le instalaban sobre las caderas. El calor que emanaba de él la empapó por completo hasta llegarle a la piel.

—Yo también te he echado de menos... cariño.

Charlotte se sentía como si estuviera despertando de un trance. Se dio cuenta de que había dejado de respirar y aspiró con fuerza. Un aroma poco familiar le atacaba los sentidos. La intimidad del momento había desaparecido, pero el pulso aún le latía con fuerza en las venas

Los ojos de aquel hombre eran marrones oscuros. Hipnóticos. Embriagadores. La clase de ojos en los que una mujer podía perderse y no volver a encontrar el camino.

—Yo...

Él le colocó un largo y bronceado dedo sobre los labios, miró por encima del hombro de Charlotte y le advirtió con los ojos que los reporteros aún los estaban observando. Entonces, dijo:

—Es mejor que nos vayamos. Está a punto de montarse un buen jaleo.

Le agarró con fuerza el brazo y comenzó a guiarla hacia la salida.

—¡Un momento! —gritó ella. De repente, aquello iba demasiado rápido—. ¿Adónde me lleva? ¿Qué es lo que está pasando aquí?

—Calle —susurró él—. ¿Acaso no ha escuchado lo que han anunciado por megafonía? No va a despegar ningún vuelo hasta mañana como pronto. Por lo tanto, nos vamos al hotel del aeropuerto.

—Espere. Espere un momento, yo no...

—¿Prefiere quedarse aquí y correr el riesgo? —le preguntó él.

Por supuesto que no. Prefería marcharse con aquel desconocido que tan hábilmente la había besado.

Él le tiró de la mano, por lo que Charlotte no tuvo tiempo de seguir considerando sus opciones.

—Ese periodista nos está siguiendo otra vez. No mire atrás.

—¿Cómo lo sabe?

—Sé cómo funciona la mente de ese tipo. Está esperando para ver si nuestras demostraciones de afecto continúan. Está vigilándonos para pillarnos.

—Pero mi equipaje...

—Ya lo ha facturado. Tendrá que apañárselas con lo que tiene.

Salieron al exterior de la terminal. Los pasajeros que aún no se habían enterado de las noticias seguían llegando. Los dos se dirigieron hacia el puente que conducía hacia el aparcamiento y el hotel del aeropuerto.

—Estoy segura de que lo hemos convencido —murmuró mientras tiraba de su equipaje de mano para que subiera la acera.

—¿Usted cree? —le preguntó él mirándola con una íntima y devastadora sonrisa. Los ojos le relucían—. Creo que deberíamos volver a intentarlo para estar completamente seguros —añadió. Antes de que ella pudiera reaccionar, le quitó las gafas—. Ah...

Ella levantó la barbilla, atreviéndose a mirarlo a los ojos.

—¿Estaba esperando unos impactantes ojos azules, tal vez verdes? ¿Violetas? Le agradezco su ayuda —le espetó mientras abría el bolso para meter en él sus documentos—. De verdad. Gracias, pero, ¿ha sido todo eso...? —dijo, tratando de encontrar las palabras adecuadas para definir la experiencia más orgásmica de su vida y sin conseguirlo—... ¿necesario?

¿Orgásmico? ¿Un beso? Tenía que vivir un poco más. Una vida nueva. ¿No era esa la razón de aquel viaje? ¿Tener tiempo para ponderar sobre su futuro y decidir lo que quería hacer, lo que, tal vez, podría incluir animar un poco su inexistente vida sexual?

—Claro que era necesario —dijo él mirándola a los ojos. Entonces, dejó caer su propia bolsa de viaje al suelo—. Las sutilezas se pierden con tipos como él.

—Está bien —replicó ella—. Sin embargo, no creo que sea necesario que repitamos la actuación.

Él miró hacia la terminal.

—Piénselo de nuevo... nena.

—Oh, no...

Ella no miró. Trató de volverse a colocar las gafas, pero él negó con la cabeza y se las sujetó. Entonces, le acarició un lado del rostro con un dedo.

—Él no puede estar seguro de que usted es quien él cree que es. Está demasiado lejos para ver el color de sus ojos. Y es una pena porque son encantadores.

Dios santo... Flynn también había sido un seductor de la palabra.

—Son grises —replicó. No trató de volver a ponerse las gafas porque eso era precisamente lo que él estaba esperando que ella hiciera.

—¿Hay alguna razón por las que los oculta detrás de las gafas? —le preguntó mientras la estudiaba con curiosidad.

No iba a contarle nada de su historia familiar.

—Me he despertado con dolor de cabeza, si tanto le interesa.

—Lo siento. ¿Se le ha pasado un poco?

—Sí. Ahora, ¿podemos terminar con esto?

Él frunció el ceño.

—Hace un instante le gustaba....

Así era. No podía negarlo.

Él volvió a acariciarle el rostro.

–Debería ser usted quien tomara la iniciativa en esta ocasión para persuadir a ese hombre de que está desesperadamente enamorada de mí.

La brisa revolvió el cabello de aquel desconocido. Tenía el pelo negro, demasiado largo como para que resultara adecuado, cejas oscuras y una piel aceitunada que le indicaba a Charlotte que él era de ascendencia mediterránea. Tenía la mandíbula masculina, cuadrada, y mejillas prominentes. Tenía unas ligeras arrugas de expresión en los ojos, como si disfrutara de la vida al aire libre.

–Yo ni siquiera sé su nombre...

–Me llamo Nic. ¿Y el tuyo?

Ella negó con la cabeza y apretó los labios. Entonces dijo:

–Debería decirte que ese hombre no se ha equivocado de mujer y que, probablemente, sabe leer perfectamente los labios.

Nic bajó la mirada inmediatamente a sus labios. Los ojos se le oscurecieron.

–En ese caso, más importante resulta aún engañarlo, ¿no te parece? Bésame.

Aquellas palabras le acariciaron la piel, poniéndosela de gallina bajo las mangas de la chaqueta.

–Yo...

Iba a decir que jamás besaba a hombres que no conocía, pero ya lo había hecho.

–Di primero mi nombre si eso hace que te sientas más cómoda.

–Nic... –dijo ella. Le gustaba el modo en el que le sonaba en la lengua. Le gustaba que él estuviera haciendo todo lo posible por tranquilizarla. Que acabara de salvarla de una humillación pública. Que, probablemente, fuera el hombre más guapo al que había besado en toda su vida–. ¿Nicholas?

–Dominic.
–Dominic.

Extendió la mano, sin poder mirarlo a los ojos. Le colocó la mano sobre el pecho. El tacto de su camisa resultaba suave y cálido bajo las yemas de los dedos. Unos duros músculos se tensaron bajo su mano y la obligó a apartarla instintivamente.

¿Qué había dicho Flynn cuando él terminó con su compromiso? Que ella no era lo suficientemente desinhibida ni lo suficientemente glamurosa ni lo suficientemente segura de sí misma como para ser la esposa de un aspirante en política. Que, después de veinticuatro años de ser la hija de una pareja socialmente distinguida, debería acostumbrarse a estar en el ojo público.

Desde ese momento, ella había tomado la decisión de trabajar en sus carencias. De ahí ese viaje. Tenía que relajarse, reagruparse y centrarse en la nueva dirección que había tomado su vida. Trabajar en la mejora de la seguridad en sí misma. Tenía que demostrar que su ex se había equivocado. Entonces, podría seguir con su vida. ¿No había demostrado ya con ese horrible periodista que podría mostrarse segura de sí misma cuando era necesario?

–Eh –murmuró él mientras le agarraba la mano y se la colocaba sobre el pecho–. Cierra los ojos y déjate llevar. Si te ayuda, finge que soy otra persona.

Ni hablar. Si iba a hacerlo, iba a disfrutarlo y aquello significaba dedicarle toda su atención. Después, reservaría una habitación para lo que quedaba del día. No tendría que volver a verlo. No tenía por qué estar en su mismo vuelo.

Respiró profundamente y le deslizó la mano descaradamente por encima de la camisa. Se tomó su tiempo, disfrutando las sensaciones. La otra mano se unió a la primera

–Nic –dijo, mirándolo a los ojos–, ¿hay alguna mujer en alguna parte que esté dispuesta a sacarme los ojos?

–Yo podría preguntarte lo mismo. En mi caso, la respuesta es no.

–Y en mi caso también –susurró ella.

–Entonces, dejémonos de rodeos.

–¿Crees que aún nos está observando? –le preguntó Charlotte tras humedecerse los labios con la lengua.

–¿Acaso importa? –replicó Nic. Comenzó a juguetear con el botón de la chaqueta de Charlotte. Le acariciaba el torso con los nudillos.

Los pezones se le irguieron bajo aquella delicada caricia. Ella sonrió.

–No... Nic –susurró. Se puso de puntillas y le dio un beso en los labios. Le rodeó el cuello con los brazos y comenzó a juguetear con los mechones de su sedoso cabello, sorprendida de que hubiera podido dejar escapar sus inhibiciones tan fácilmente.

Nic no era el hombre elegante, bien afeitado al que ella estaba acostumbrada. Aquella textura tan masculina le arañaba suavemente la barbilla, excitándola. Eso no le había ocurrido desde hacía mucho tiempo.

Separó los labios. Rápidamente, él tomó la iniciativa y deslizó la lengua entre ellos mientras la acercaba un poco más a su cuerpo. Le deslizó las manos sobre el trasero, apretándola contra él. Demasiado íntimo como para ser públicamente aceptable.

No supo el tiempo que permanecieron allí, unidos, ni le importó hasta que un hombre que pasaba junto a ellos les susurró:

–Reservaos una habitación.

Nic se apartó y levantó la cabeza.

–Me parece muy buena idea –dijo él, con voz ronca. Volvió a ponerle las gafas y, entonces, recogió su equipaje de mano–. Vamos.

–Espera –replicó ella. Observó a los pasajeros que ya se dirigían a toda prisa hacia el hotel. Una curiosa mezcla de desilusión y alivio se apoderó de ella–. Parece que podría ser ya demasiado tarde...

Nic sonrió y le tomó la mano.

–En ese caso, es una suerte que yo ya tenga reservada una habitación.

Capítulo 2

CUANDO llegaron al concurrido vestíbulo del hotel, Charlotte decidió que la suerte era para él. Tras haberlo pensado detenida y racionalmente, no pensaba ir con él a su habitación. Ya había cumplido su cuota de comportamiento atrevido y poco propio de ella para los próximos diez años.

–Espera aquí –le dijo él. Entonces, se dirigió hacia el mostrador de recepción.

Charlotte se dirigió a la cola de la fila. Seguramente, aún quedaba algo disponible.

Instantes más tarde, él regresó con un par de tarjetas.

–Bueno, ya estamos.

–Gracias por todo, pero quiero una habitación para mí sola.

–¿Acaso no confías en mí después de todo lo que hemos compartido? –replicó él con una sonrisa–. ¿Cuando me has llamado *cielito*?

–Te podrías haber detenido cuando te dije que me dejaras en paz...

La sonrisa se borró de los labios de Nic.

–No me gustan los acosadores –replicó encogiéndose de hombros–. Simplemente reaccioné.

–Gracias –dijo.

–Si yo...

–Te ruego que no te disculpes...

–¿Y por qué iba yo a disculparme? –preguntó él. La sonrisa volvió a reflejársele en los labios–. No lo siento en absoluto. ¿Y tú?

«En absoluto». Desgraciadamente, todo había terminado.

–Gracias por tu ayuda, pero sigo queriendo tener mi propia habitación.

–¿Con toda esta gente? –dijo él mirando a su alrededor–. Quiero que conozcas a una persona –añadió. La agarró del brazo y la llevó de nuevo al mostrador de recepción–. Kerry, esta es...

–Charlotte.

–Charlotte –repitió él–. ¿Hay algo que puedas hacer por ella?

Kerry, una atractiva rubia de ojos azules, apenas levantó la mirada. Estaba demasiado ocupada tecleando en el ordenador.

–Lo siento, Charlotte. Estamos al completo. Sin embargo, Nic ha hablado conmigo y puedes compartir la habitación con él sin gasto adicional.

–No importa –dijo mientras se aferraba a su bolso y se preparaba para una larga noche–. Me compraré un libro o una revista y encontraré algún sitio en el que esperar.

Kerry miró a Nic y luego se llevó a Charlotte hacia un lado.

–Steve, mi pareja, y yo conocemos a Nic desde hace años. Es un buen tipo. Tienes la oportunidad de pasar las próximas doce horas cómodamente. Si estuviera en tu lugar, la aceptaría.

Charlotte asintió.

–Gracias de todos modos.

–Es tu decisión –concluyó Kerry–. Ahora si me perdonas...

–Mira, quédate la habitación –dijo él, de repente, mientras le entregaba a Charlotte la llave–. Yo utilizaré el gimnasio, me pondré al día con mi trabajo y luego me relajaré en la terminal. Te avisaré cuando vayamos a despegar.

–No, no. Es muy generoso de tu parte, pero no puedo aceptar. No estaría bien. Seré yo quien espere en la terminal.

–¿Y si nuestro amigo vuelve a presentarse? –le preguntó Nic–. Parecía bastante insistente. Y bastante astuto.

A Charlotte se le puso el vello de punta. No pudo evitar mirar hacia la entrada del hotel.

–En ese caso, me sinceraré con él y tal vez me deje en paz. Sobre eso... tal vez debería explicar...

–Pero en realidad no quieres. No importa. No necesito conocer tus asuntos. Te propongo una cosa. Nos registraremos juntos en la habitación. Entonces, yo dejaré allí mis cosas y te dejaré en paz. ¿Te parece bien?

La sinceridad se reflejaba en aquellos ojos oscuros. Tan atractivos. Tan seductores. También algo que no había visto desde que su padre le dio un beso de buenas noches y le dijo que era su princesita. Antes de que su familia se subiera a aquel maldito helicóptero...

Su padre había sido el único hombre con el que siempre había podido contar. Confiar. En cierto modo, se imaginó que su padre aprobaría a Nic. Que le diría que ella podía confiar en él.

Asintió.

–Bueno, pues ya está. Todo solucionado.

Nic se hizo cargo del equipaje de Charlotte y se dirigió hacia los ascensores.

No intercambiaron palabra alguna en el concurrido ascensor. Tampoco mientras se dirigían por el silen-

cioso pasillo hasta la habitación. Nick introdujo la tarjeta en la cerradura y la invitó a pasar. Entonces, hizo
él lo propio con el equipaje.

El cegador sol de la tarde inundaba la habitación, re-
flejándose en las pistas del aeropuerto, que se divisaban
desde la ventana. Charlotte cerró las cortinas para aliviar su dolor de cabeza, pero, inmediatamente, se dio
cuenta de cómo podría interpretarse su gesto.

La habitación quedó sumida en la penumbra. Aquella intimidad no pasó desapercibida para Nic. Las sombras suavizaban los rasgos de Charlotte, pero no logra-
ban ocultar la tensión de su cuerpo. Resultaba evidente
que no estaba cómoda con la situación

Él tampoco, aunque por razones muy diferentes. Se
había visto sumido en un doloroso estado de excitación
desde que descubrió que ella sabía mejor de lo que había imaginado. Señaló las cortinas cerradas.

–¿Sigue molestándote el dolor de cabeza? ¿Quieres
echarte una siesta?

–Gracias, pero no a las dos cosas. Tal vez vea un
poco la televisión, si a ti no te importa, claro.

–Por supuesto que no. Ponte cómoda. Yo me voy a
correr un rato.

Sin mirarla, Nic sacó un par de pantalones cortos,
una camiseta y unas deportivas de la mochila y se marchó al cuarto de baño para cambiarse. Necesitaba soltar
su propia tensión y una dosis del frío aire de Melbourne
le enfriaría la sangre. Cuanto más frío, mejor.

Cuando salió del cuarto de baño, Charlotte estaba
exactamente en el mismo lugar en el que él la había dejado. La televisión seguía apagada y la habitación estaba sumida en un silencio absoluto.

–¿Todo bien?

–Mira, no quiero echarte de tu habitación. Por favor,

quédate. Me parece bien –dijo mirando la cama doble. Entonces, volvió a mirarlo a él y a Nic le pareció que el aire restallaba a su alrededor–. De hecho, me sentiría mucho mejor si te quedaras.

Nic sonrió. Ella tenía un brillo en los ojos. Caliente. Cauteloso también, pero decididamente caliente. Sintió que el cuerpo se le tensaba y que una gota de sudor le caía por la espalda. Entonces, colocó la ropa que se había quitado sobre la silla que había frente al escritorio.

–¿Cuál es tu verdadero nombre? ¿O tampoco podemos hablar de eso?

–Ya te lo he dicho. Es Charlotte, pero nada de apellidos ni de intercambiar historias de nuestra vida. Nos separaremos mañana.

Eso era lo que él pensaba. Ella no quería nada personal. Nada complicado. Una noche. Aquel tenía que ser su día de suerte.

–A mí me parece bien.

–Ahora, me voy a dar una ducha –dijo–. Sola –añadió mientras abría su bolso–. Salgo enseguida.

–Está bien –replicó él. Ella quería tiempo para prepararse. No le importaba esperar–. Me marcho a correr un rato. Cuando regrese... ya veremos lo que hacemos –añadió antes de salir por la puerta.

Bajó las escaleras al vestíbulo de dos en dos. Salió al exterior y comenzó a correr. Volvió a recordar el modo en el que Charlotte había respondido a su beso. Parecía como si no pudiera saciarse. ¿Quién lo habría pensado? Charlotte era una mujer muy caliente.

Y lo estaba esperando en su habitación. La habitación que los dos iban a compartir.

Entonces, ¿a qué diablos estaba esperando? ¿Por qué estaba corriendo con aquel desapacible viento cuando podía acomodarse en aquella enorme cama con una mujer que, si no estaba equivocado, buscaba lo mismo que él?

La testosterona se apoderó de él. En lo único en lo que podía pensar era en desnudarla y en explorar aquel cuerpo de pecado. Con los ojos, con las manos, con la boca... Solo esperaba que no fuera la clase de mujer que cambia de opinión.

Miró el reloj. Ya había tenido tiempo más que suficiente de darse esa ducha. Si no... bueno, entonces tendría que terminarla con ella. Se dirigió de vuelta hacia el hotel, tomando un desvío para acercarse a la zona de restaurantes de la terminal.

Charlotte se dio su ducha. Como no tenía muda de ropa disponible y no quería arrugar el traje más de lo que ya estaba, se puso el albornoz del hotel encima de la ropa interior.

Secó el espejo y se miró. Sus labios parecían más gruesos, más sugerentes. Sus ojos más grandes, más evocadores... Ojos de dormitorio.

Dios.

Se puso la mano en el corazón. No había tenido nunca una aventura de una noche. Nunca antes había estado con otro hombre. Flynn había formado parte de su vida desde la adolescencia.

¿Parte de su vida? ¡Ja! Agarró el cepillo y comenzó a peinarse. Menos de dos semanas después de que terminaran su relación, Charlotte lo vio con la glamurosa hija de un acaudalado hombre de negocios en las páginas de sociedad de un periódico.

De igual modo, ella iba a seguir con su vida e iba a empezar aquel mismo día. Y, por la mirada que Nic le había dirigido antes de marcharse, solo podía esperar una cosa cuando él regresara: sexo. Apasionado, rápido y sin complicaciones. Espontáneo. Frívolo. Alegre. ¿Acaso no era eso lo que ella también quería? Solo una noche. Entonces, no tendría que volver a verlo nunca más.

Dios santo. ¿De verdad era Charlotte Dumont la que estaba teniendo aquellos pensamientos?

Abrió la puerta. No escuchó nada, lo que significaba que Nic aún no había regresado.

Vio la mochila de él junto a su propia maleta. Se fijó en los folletos que él había dejado sobre el escritorio. No quería implicarse personalmente con él ni estaba lista para otra relación, pero... Eran tan solo folletos de viajes. Nada personal, nada íntimo. No puso resistirse a mirarlos.

Las Hawái. Folletos sobre pesca submarina, golf, excursiones para ir a ver a las ballenas. Los mejores lugares para el surf. Él había marcado algunos, había realizado notas que ella no podía descifrar y había tachado otras. Parecía que él iba de camino a Hawái de vacaciones. Parecía disfrutar de las actividades al aire libre, lo que explicaba que estuviera tan en forma. Tan bronceado. Tan bien alimentado. Evidentemente, sabía cómo relajarse y divertirse.

Aquella palabra conjuró toda clase de posibilidades y no precisamente de actividades al exterior, sino de otras mucho más íntimas, que tenían que ver con ella y con aquella enorme cama de suaves almohadas. El cuerpo le ardía. Quería arder junto a él. Quería saber lo que era hacer el amor con un hombre como Nic, del que no dudaba de su habilidad para complacer a una mujer. Entonces, él se marcharía a Hawái y ella quedaría completamente satisfecha.

Sin embargo, tenía que ser a su modo. Con sus reglas. No hablarían de sí mismos ni de sus vidas más allá de lo que ocurriera en aquella habitación. No intercambiarían números de teléfono ni direcciones de correo electrónico con la promesa de volver a ponerse en contacto. Charlotte no quería eso. Tan solo quería una noche para demostrarse que no era la mujer que Flynn pensaba que era.

La anticipación se apoderó de ella. Para tranquilizarse, se preparó una taza de café por cortesía del hotel y apartó las cortinas. La tarde iba llegando a su fin y se iba tiñendo de tonalidades anaranjadas y violetas. Se sentó en el único sillón y comenzó a hojear una revista femenina que había comprado antes, pero no tardó en dejarla sobre la mesita. Se sentía demasiado nerviosa como para poder concentrarse en la vida privada de una superestrella reflejada en aquellas páginas.

Si no hubiera sido por Nick, su ruptura con el candidato para las próximas elecciones estatales podría haberse convertido en carnaza pública.

Ciertamente estaba en deuda con Nic. Podría haberle comprado simplemente una botella de vino o haberle invitado a cenar para mostrarle su agradecimiento. De hecho, estaban allí hasta el día siguiente por la mañana, por lo que no era demasiado tarde para sugerirle que tomaran un taxi y se fueran a la ciudad para buscar un restaurante.

No obstante, cuando regresaran a aquella habitación, con unas cuantas copas de vino en las venas, la situación volvería a ser la misma. La atracción seguiría siendo la misma.

Se recogió los pies por debajo de las piernas y comenzó a quitarse las horquillas del cabello. Se lo desenredó con los dedos, disfrutando de aquella nueva sensación de sentirse femenina y libre. ¿Por qué salir a cenar cuando podía darse un festín de algo mucho más placentero? Piel, labios y lengua masculina y... No pudo seguir pensando. La piel le ardía. Sin poder evitarlo, se echó a reír como una colegiala al pensar en los pensamientos que se le estaban ocurriendo.

Seguía riendo cuando Nic regresó a la habitación.

Capítulo 3

NIC escuchó la risa en cuanto abrió la puerta y sonrió él también. Hasta que la vio sentada en el sillón, de perfil, mirando por la ventana. Su cabello oscuro parecía arder con los últimos rayos del sol. Su sonrisa se transformó en una expresión de admiración. Suelta y brillante, aquella sedosa melena le caía por los hombros como si estuviera celebrando su libertad.

Ella había encendido la televisión para escuchar un canal de radio. Se trataba de algo suave, con notas de jazz. Resultaba evidente que ella no le había escuchado entrar, por lo que Nic aprovechó el momento para observarla.

No tardó en darse cuenta de que estaba siendo testigo de algo que dudaba que vieran muchas personas cuando miraban a Charlotte. Su belleza interior. La sexualidad innata que él encontraba tan irresistible. Le daba la sensación de que ella no mostraba a menudo aquella faceta de su personalidad y que mucho menos la compartía.

Esperaba que se atreviera a compartirla con él.

Se había quitado el horrible traje y se había puesto el albornoz del hotel. ¿Estaría completamente desnuda debajo? Sintió que la entrepierna se le tensaba. Charlotte aún llevaba puestas las perlas. Su iridiscencia reflejaba los rayos del sol. Nic se imaginó levantándolas, notándolas cálidas por la piel con la que habían estado en contacto y deslizar la mano por debajo para explorar la cremosa garganta. No recordaba haberse sentido nunca tan cautivado por una mujer.

Una vez más, se sintió atrapado por la sensación de que aquello era diferente, de que ella era diferente. Discretamente, se aclaró la garganta para anunciar su presencia.

–¿Le apetece a alguien un trozo de pizza?

Charlotte se dio la vuelta para mirarlo. Parecía contenta de verlo.

–Sí, por favor –dijo mientras se levantaba del sillón–. ¿Dónde la has comprado?

–En la pizzería del aeropuerto. Era la última. O más bien la última mitad. Tuve que pelearme con las hordas hambrientas –dijo. Colocó la caja sobre el escritorio y encendió la lámpara. Entonces, agarró la botella de vino que había sobre el frigorífico del bar.

Charlotte sonrió y se arrebujó un poco más el albornoz.

–Eres mi héroe.

–¿Te apetece un poco de vino?

–Gracias –respondió. Entonces, levantó la tapa de la caja–. ¡Qué buena! ¡Me encantan las alcachofas! Porque es de alcachofas, ¿verdad?

–Creo que sí.

Charlotte tomó su bolso y sacó una servilleta de lino bordada con su nombre. Entonces, procedió a limpiar la cubertería. Nic se quedó muy sorprendido. Abrió la botella de vino y tomó un par de platos de cartón que había junto a la caja.

–¿Te gusta la comida italiana?

–Sí, pero el marisco es mi favorito –respondió Charlotte mientras separaba las porciones con un cuchillo y las colocaba en los platos–. En Glenelg, en el embarcadero del paseo marítimo, hay una maravillosa marisquería.

–Sé a la que te refieres –afirmó él. No le dijo que su apartamento tenía vistas a ese embarcadero. Se limitó a servir una generosa cantidad de vino en las copas–. Estoy de acuerdo contigo. Cuando estoy en Adelaida, es uno de mis restaurantes favoritos.

–El mío también. Parece que tenemos algo en común –comentó ella conteniendo el aliento.

–Espero que no sea todo lo que tenemos en común –susurró él mientras le acariciaba suavemente la mejilla con los nudillos. La piel de Charlotte era tan suave como la seda y olía a flores.

–No íbamos a hablar sobre nosotros...

–¿Y quién ha dicho nada de hablar?

Sus miradas se cruzaron, pero Nic no respondió al deseo que atenazaba la parte inferior de su cuerpo. Ya habría tiempo. Una mujer como Charlotte necesitaba tiempo y él ya había decidido darle la oportunidad de decidir si aún quería dejarse llevar por la pasión que había visto reflejada en sus ojos anteriormente.

Por lo tanto, se limitó a levantar las copas, le ofreció una a ella y dijo:

–Vamos a cenar antes de que la pizza se enfríe aún más. Salud.

–Gracias. Y salud.

Charlotte tomó su plato y regresó al sillón mientras que Nic se sentaba en la silla del escritorio. Dio un sorbo de su copa y luego la dejó sobre la mesita de café que tenía delante. Sentía un ligero hormigueo en la mejilla, justo en el lugar en el que él la había tocado. También lo sentía en otras partes de su cuerpo, al igual que una desesperada necesidad que jamás había experimentado.

Sin embargo, sabía que él le estaba dando espacio y se lo agradecía.

—Hawái es muy bonito en esta época del año –dijo, para apartar la mente del camino que estaba tomando.

Nic miró los folletos y luego la miró a ella de un modo pensativo. Inescrutable.

—Sé que acordamos que no habría nada personal entre nosotros, pero estaban ahí...

Él sonrió. De repente, aquella enigmática mirada desapareció con un parpadeo.

—No pasa nada, Charlotte. Y sí, es la mejor época del año. Así se aleja uno del frío.

—¿Has estado allí antes? –le preguntó ella.

—Trato de ir cada dos años. Las olas son magníficas allí. ¿Y tú? ¿Has estado alguna vez?

—Una vez. En Maui. Fue por unas vacaciones familiares para celebrar... –se interrumpió. Recordó el décimo aniversario de boda de sus padres. Sintió una pequeña presión en el corazón, que le hizo frotarse la zona y acariciarse las perlas que llevaba en la garganta–. Pero eso va en contra de las reglas.

—Claro. Si tú lo dices. ¿Te encuentras bien?

—Sí –respondió ella relajándose un poco. Se terminó la pizza y se limpió los labios. Entonces, volvió a meter la elegante servilleta de nuevo en su bolso–. ¿Sabes una cosa? Eres un hombre muy agradable.

—¿Agradable? –repitió él levantando las cejas–. Eso me preocupa...

—Quería decir honrado. Considerado.

Guapo.

Nic se echó a reír y se metió lo que le quedaba de su pizza en la boca.

—¿Estás segura de que no eres una princesa a la fuga de algún pequeño país de Europa?

–¿Cómo? ¡Ah! ¿Lo dices por la servilleta? Llevaría mis propios cubiertos si me lo permitieran las compañías aéreas. También tengo personalizado el jabón. En alguna parte... –comentó mientras rebuscaba sin éxito en el bolso. Entonces, se encogió de hombros–. Dirás que soy una excéntrica.

Más bien el resultado de una educación privilegiada y muy tradicional. Si sus padres pudieran verla en aquellos momentos y supieran lo que estaba pensando...

Estaba segura de que Nic tenía una larga fila de mujeres en su vida. Se preguntó cuántos años tendría. ¿Treinta? Se recordó que no quería saberlo porque, si supiera aquel detalle, querría saber más. Su lugar de residencia, su trabajo... cómo le gustaba hacer el amor.

–*Verdades o Mitos sobre el sexo.*

Charlotte estuvo a punto de escupir el vino.

–¿Cómo has dicho?

–Se trata del cuestionario –dijo él. Estaba mirando la portada de la revista que ella había dejado sobre la mesa–. ¿Aún no lo has leído?

–Se me ha debido de pasar por alto. Evidentemente, a ti no.

–Soy un hombre. He visto la palabra sexo. Está bien, pongamos a prueba tus conocimientos –anunció él mientras comenzaba a buscar en la revista–. *Las ventas de preservativos bajan cuando hay recesión.* ¿Verdad o Mito?

Charlotte tardó un instante en recuperar la compostura. Entonces, se puso a considerar aquella afirmación.

–Mito. Sin duda. Salir resulta demasiado caro. Tener hijos resulta demasiado caro.

–Correcto. A ver esta. *Los humanos son la única especie que realiza el acto sexual por placer.*

La manera en la que pronunció la palabra placer, tan

viril y aterciopeladamente, le subió unos grados la temperatura de la piel a Charlotte. Tomó otro sorbo de vino.

—Sí.

—En realidad, no. Aparentemente, no somos las únicas criaturas del planeta que lo hacen.

—¿No? —preguntó ella, tan tensa como una cuerda de violín.

—¿Qué te parece esta? *Los órganos sexuales masculinos están más diseñados para el placer que los de la mujer.*

—Umm... —susurró ella. Sus propios órganos se humedecieron—. Mito.

—Sí. Las mujeres superan a los hombres en este departamento. Según este cuestionario, el clítoris es el único órgano conocido que existe con el único propósito del placer.

Ah. Charlotte sentía las mejillas como si le estuvieran ardiendo. ¿Había tenido alguna vez aquella conversación tan extraña y tan íntima con un hombre?

—Dejando aparte los órganos sexuales... —comentó mientras se mordía el labio inferior—. Supongo que eso depende de quién esté dando el placer.

Nic levantó la cabeza y la miró fijamente.

—Tú eres una mujer. Dímelo tú.

—Para mí... Depende al cien por cien de mi pareja.

—¿No tendrá algo que ver la habilidad de esa pareja? Aparte de sentir atracción por el hombre en cuestión, claro está.

—Ah...

—Es decir, podrías sentir un gran deseo por él, pero si él no sabe cómo complacerte... ¿Has conocido alguna vez a un hombre así? Un hombre que te guste, con el que haya chispa, deseo, pero que luego te deje fría. Por decirlo de algún modo.

–Yo... Umm...

Flynn. Con él, la tierra no le había temblado bajo los pies. Nunca. Se había dicho en innumerables ocasiones que eso no importaba porque ella lo amaba. El amor, el afecto y los objetivos comunes eran mucho más importantes que la satisfacción física.

Tal vez se había equivocado. Desde que besó a Nic, ciertamente había tenido lugar un desplazamiento de las placas tectónicas bajo sus pies. Instintivamente, sabía que él no sería la clase de hombre que dejara insatisfecha a una mujer.

–¿Qué es lo que quieres decir con eso?

–Significa que sí, ¿de acuerdo? –le espetó ella. No le gustaba admitirlo ni que él ya se lo hubiera imaginado–. Ha habido hombres así en mi vida –confesó. Entonces, Charlotte decidió cambiar el enfoque de aquella afirmación–. Sin embargo, un hombre puede disfrutar del sexo con cualquiera porque se trata solo de la satisfacción del deseo, ¿no?

–En mi caso, me gusta conectar con la mujer con la que estoy. Disfrutar del sexo tiene que ser algo más que la satisfacción de una necesidad básica. Contigo, siento un vínculo, Charlotte y estoy bastante seguro de que tú también lo sientes. Me gustaría ver adónde nos lleva.

–¿Estás esperando que te dé luz verde?

–Tú me dirás –respondió él, completamente tranquilo, con las piernas estiradas delante de él. Solo un músculo de su rostro traicionaba su tensión–. Tienes que estar segura de que esto es lo que quieres, pero te ruego que te decidas pronto –añadió mientras se miraba la bragueta–. Porque te aseguro que estás a punto de terminar conmigo.

Charlotte había mantenido deliberadamente la mirada por encima de la cintura de él, pero, al escuchar aquellas palabras, tuvo que seguir la dirección que los ojos de Nic le indicaban para mirar el impresionante abultamiento que tenía en los pantalones cortos. Tragó saliva. Se sintió flaquear. El pulso se le aceleró. También se dio cuenta de que tenía los muslos tan bronceados como el cuello y cubiertos de un vello oscuros. Los músculos eran fuertes y pesados, como si hiciera mucho ejercicio.

Quería tocarlo. Quería sentir cómo aquellos muslos se frotaban contra los suyos. Quería sentirlo dentro de ella.

Sin embargo, no quería ataduras. Ni una relación ni conocerse el uno al otro más allá de lo físico.

–Solo esta noche.

–Bien. ¿Me ducho primero?

–No. Ya te dije que eres muy considerado –contestó ella, sonriendo. Le gustaba cómo olía Nic. Cálido, con un aroma masculino, pero no desagradable. Un aroma que excitaba sus instintos más femeninos–. Lo deseo. Te deseo a ti, tal y como eres. Quiero sentir tu sudor en mi piel. Ahora mismo.

–Empieza tú –repuso él también sonriendo.

–¿Yo?

–Podrías empezar quitándote el albornoz –sugirió él al ver que Charlotte permanecía inmóvil–. O podrías venir aquí y dejar que yo me ocupara. Decide tú.

Sin dejar de mirarlo, Charlotte se levantó del sillón. Los pocos pasos que dio le parecieron kilómetros de distancia. Se alegraba de tener música de fondo para que no se pudiera escuchar el sonido de su corazón. No latía con tanta fuerza por miedo sino ante la perspectiva ilícita y turbadora de tener relaciones sexuales con un hombre que, a los ojos de todos, era tan solo un desconocido para ella.

Se detuvo delante de él y se aflojó el cinturón para permitir que el albornoz se le abriera ligeramente. Él la miraba a los ojos muy fijamente.

–Vaya con las decisiones...

Nic le agarró por la cintura y tiró de ella, colocándola entre sus muslos duros y firmes. Su aliento, su aroma y su calor se mezclaron con los de ella mientras seguían mirándose fijamente a los ojos.

–Entonces, te gusta estar encima.

Charlotte se echó a reír.

–Me gusta estar de cualquier modo –respondió.

Inmediatamente, se quedó atónita. ¿De verdad había dicho ella eso?

–Entonces... –susurró él mientras le desabrochaba el cinturón y metía las manos por debajo del albornoz para rodearle ligeramente la cintura–... lo de colgar completamente desnuda de la lámpara también es una posibilidad.

–Aquí no hay lámparas –replicó ella, arqueándose. Ansiaba que él acariciara y besara sus senos–. Solo focos y una lámpara en la mesilla de noche.

–Una pena.

–Sin embargo, hagamos lo que hagamos, ¿tienes preservativos?

–Ya llegaremos a eso. ¿O acaso tienes prisa?

–Pensaba que la prisa la tenías tú. ¿No acabas de decir...?

–Sobreviviré un poco más de tiempo.

Charlotte se preguntó si ella también podría. Se sentía acalorada por todo el cuerpo. Era un milagro que no empezara a arder.

–Nic...

–Charlotte... –musitó. Retiró las manos y se las colocó detrás de la cabeza–. ¿Qué es lo que estás ocultando bajo ese grueso albornoz?

Con una osadía que no había sentido jamás, Charlotte se quitó el albornoz. La prenda le hizo cosquillas sobre la piel mientras caía al suelo.

Nic la observó conteniendo el aliento. Entonces, lanzó un gruñido de aprobación. ¿Quién lo habría imaginado? A la conservadora Charlotte le gustaba la ropa interior sexy. Llevaba un minúsculo sujetador y unas braguitas no mucho más grandes de un encaje tan transparente que casi era como si estuviera completamente desnuda. Los oscuros y erectos pezones se erguían contra la delicada tela y los senos se vertían por la parte superior como un ofrecimiento de abundancia.

–Estás llena de sorpresas –murmuró–. Eres muy hermosa.

No era una mujer ni demasiado voluptuosa ni demasiado delgada. Curvas limpias y perfectas. Exquisitas. Ocultar tanta belleza debería considerarse un crimen en contra de la humanidad.

Charlotte se inclinó un poco sobre él. Le colocó los senos frente a los ojos. Con cualquier otra mujer, habría colocado la boca inmediatamente sobre aquella cremosa piel, le habría apartado la tela con los dientes y habría comenzado a explorar con la lengua.

Sin embargo, por muy apetitosos que resultaran aquellos senos, eran los ojos de Charlotte lo que más llamaban su atención. Grandes, de color humo, llenos de secretos y de sombras. Su fragancia, un fresco y ligero perfume, lo envolvía como si fuera la bruma de la tarde. Si creyera en los embrujos, estaba convencido de que serían así.

–No estás acostumbrada a esto, ¿verdad? –murmuró.

–¿A qué te refieres? ¿Al sexo?

–No. A una noche de sexo.

–¿Tan evidente resulta?

–No, no. Lo decía de un modo positivo. Sigue con lo que estás haciendo. Eres fantástica.

Sonriendo, ella bajó los labios hasta los de él y lo

besó suave y seductoramente. El cabello de ella actuaba como una cortina de seda a su alrededor y el ritmo de la música contribuía a la sensualidad del momento. Nic pensó en las lánguidas tardes junto a una piscina, piel caliente y una fría y cremosa protección solar.

Levantó los brazos y agarró los hombros de Charlotte para atraerla más contra su cuerpo. Ella le enredó los dedos en el cabello y le sujetó la parte posterior de la cabeza. Sin dejar de mirarlo a los ojos. Entonces, se produjo una caricia de seda cuando ella separó las largas piernas y las deslizó por encima de los muslos de Nic para enredarse con él. Después, enganchó los pies en las piernas de él y dejó que el calor de su feminidad se acomodara contra la ardiente erección.

Sin soltarle la cabeza, Charlotte se inclinó hacia delante y lo volvió a besar. Nic dejó escapar un gruñido de placer. Ella sonrió y, entonces, le agarró la camiseta y se la sacó por la cabeza.

Comenzó a acariciarle el torso con los dedos, rodeándole los pezones para luego detenerse en el centro y comenzar a bajar hasta llegar a la cinturilla de los pantalones. Entonces, metió las manos por debajo y rodeó su sexo con los dedos.

—Nic...

—Estás jugando sucio —susurró él. Le llevó las manos a la espalda y le soltó el broche del sujetador. Entonces se lo quitó.

Cremosa piel, oscuros y abultados pezones. La avaricia se apoderó de él, pero Charlotte no le dio tiempo para darse un festín. Se echó hacia delante y comenzó a frotarlos contra el torso de él sin dejar de mirarlo.

—Me gusta jugar sucio, ¿sabes? —susurró mientras apretaba y masajeaba—. Mejor aún, rápido y sucio.

—Eres una mujer malvada...

–¿Demasiado malvada para ti?

–Eso no es posible –musitó. Le cubrió la húmeda entrepierna y observó cómo los ojos de Charlotte ardían y su juguetona sonrisa se volvía muy seria–. Ha llegado la hora de la venganza.

Deslizó un dedo por el borde de las braguitas y sintió cómo ella se echaba a temblar. Entonces, lo hundió un poco más para acariciar los húmedos pliegues. Escuchó cómo ella gemía de placer. La excitación se acrecentó y la respiración se aceleró.

De algún modo, consiguió agarrar los pantalones que estaban en el respaldo de la silla y sacar un preservativo al tiempo que daba las gracias al cielo por tener la ropa a mano.

Impaciencia, desesperación, exigencias y necesidades. Se liberó y se puso el preservativo. Con un rápido tirón, consiguió que las braguitas se le deshicieran entre los dedos. Ya no había risas ni bromas. Pasión en estado puro, oscuro deseo y todas las fantasías que él había tenido hechas realidad. Se hundió en ella profundamente, penetrando su sedoso calor con gozo y deseo.

La miró a los ojos lo suficiente para que la respuesta de ella igualaba la de él. Le agarró las caderas y notó cómo ella le asía con fuerza el cabello. Encontraron su ritmo. El mundo se evaporó, dejando solo velocidad, avaricia y calor.

La silla se meneaba bajo ellos. A Nic le pareció escuchar el sonido de un vaso que se vertía, aunque podría ser también el sonido de su cordura haciéndose pedazos.

Charlotte alcanzó el clímax con un profundo gemido. Los músculos del interior de su cuerpo se tensaron con fuerza alrededor de él. Nic no tardó en seguir aquella gloriosa sensación.

Capítulo 4

HORAS más tarde, mientras la noche avanzaba inexorablemente hacia el alba, Nic pensó que Charlotte no había podido saciarse de él. Ni él de ella. ¿Por qué no? Por el límite de tiempo que ella había impuesto. Giró la cabeza para verla dormir. Tenía el cabello alborotado alrededor del rostro. El suave sonido de su respiración. La fresca fragancia que emanaba de su piel iba a turbar la memoria de Nic durante bastante tiempo.

Se sentía demasiado relajado como para preocuparse sobre el hecho de que nunca antes le había ocurrido nada semejante con nadie. Ese vínculo que él tan casualmente había mencionado para atraerla. Había sido... bueno... mucho más de lo que había esperado.

Se apoyó sobre un codo para mirarla bañada por los rayos dorados del amanecer. Ansiaba poder acariciarle el rostro, los labios, el cabello. La deseaba de nuevo. Quería sentirse dentro de ella, experimentar de nuevo su orgasmo... Quería mirar aquellos maravillosos ojos y...

Frunció el ceño. Tal vez no estaba tan relajado como había pensado. Sin embargo, se le pasaría. Por supuesto que se le pasaría. Y Charlotte se lo había dejado muy claro: una noche. A él le había parecido bien esa propuesta. Más que bien.

Suspiró aliviado. Después de todo, la cordura seguía

intacta. Habían compartido unas horas fantásticas, pero había llegado el momento de ir pensando en marcharse de allí.

Con cuidado de no molestarla, Nic se levantó y se marchó hacia el cuarto de baño, comprobó su teléfono móvil para ver el estado de los horarios de los vuelos, se duchó y, después, se marchó a buscar algo para desayunar mientras ella se quedaba dormida.

Charlotte se despertó con el sonido del aire acondicionado y el sonido del agua corriendo en el cuarto de baño. No se movió durante un largo instante, reviviendo la noche anterior, todo lo que Nic y ella habían hecho juntos. Había perdido la cuenta de cuántas veces él le había hecho alcanzar el clímax.

Sin embargo, el lado de la cama que él había ocupado estaba vacío en aquellos momentos. Las sábanas ya casi estaban frías. Sintió una ligera desilusión porque él no la hubiera despertado antes.

En aquel momento, Nic salió del cuarto de baño afeitado y vestido.

–Levántate. La nube de ceniza se ha levantado. Los vuelos van a volver a operar dentro de una hora aproximadamente. Tenemos que darnos prisa.

–¿Qué hora es? –murmuró ella sin moverse. Estaba completamente desnuda bajo las sábanas.

–Las seis y media.

Ella lanzó un gruñido contra la almohada. Todo había terminado. Por un lado, le daba pena. Por otro, se sentía aliviada. La noche anterior, el cuerpo de Charlotte Dumont parecía haberse visto poseído por una ninfómana. De hecho, en aquellos momentos prácticamente sentía vergüenza de mirarlo a los ojos. Un ligero rubor le cubría todo el cuerpo.

–¿Huelo a café? ¿Café de verdad?

–¿*Capuccino* o con leche? –le preguntó él mientras levantaba un par de tazas de plástico del escritorio–. No sabía cuál te gustaba, así que he comprado uno de cada.

–Prefiero el café con leche, por favor. ¿Ya has salido?

–Organización, nena –contestó él mientras se sentaba en la cama y le ofrecía una taza de café–. Creo que también necesitas esto.

Charlotte se apoyó sobre un codo y miró el interior de la bolsa que Nic le ofrecía. Se trataba de un par de braguitas color rosa chicle, con un mapa de Australia impreso en la parte delantera. De repente, ella recordó la razón por la que iba a tener que llevar aquellas braguitas durante el resto del día. Se ruborizó.

–Ah. Gracias.

–Es por mi bien tanto como por el tuyo. Me volvería loco imaginándome tu trasero desnudo bajo esa falda todo el día sin poder aprovecharme de la situación.

Charlotte se ruborizó aún más. Se sentó y se cubrió el torso todo lo que pudo.

–Ah... bien. En ese caso...

–Una mujer que está desnuda en la cama a excepción de un collar de perlas resulta algo misterioso. ¿Por qué llevas esas perlas?

–Eran de mi madre –se limitó a decir. No iban a compartir secretos sentimentales. Dejó la taza sobre la mesilla de noche y se tapó un poco más con la sábana–. Yo...

–¿Va todo bien?

–Sí, claro. ¿Por qué no iba a ser así?

–Pareces...

–Voy a darme una ducha –replicó ella, como si no tuviera ni una sola preocupación en el mundo. Sin embargo, no se movió. Le resultaba imposible soltar la sábana. Le preocupaba lo que Nic pudiera pensar de ella.

¿Y por qué tenía que ser así? En menos de una hora, se despedirían y no volverían a verse. Lo único que tenía que hacer era superar aquellos momentos complicados. Luego podría relajarse y disfrutar de sus vacaciones.

—Pues date prisa —replicó él mientras consultaba el reloj. Entonces, se levantó, tomó su bolsa y se dirigió hacia la puerta—. Te espero en el vestíbulo dentro de quince minutos.

Charlotte agradeció la sensibilidad que él demostró al dejarla sola para que pudiera levantarse de la cama, a pesar de que la había visto, tocado y saboreado por todas partes. No obstante, el rubor no había desaparecido cuando se reunió con él en el vestíbulo. Al ver la gente que lo rodeaba, se metió la mano en el bolso y sacó las gafas de sol.

Echaron a andar hacia la terminal con buen paso, junto con el resto de las personas que abandonaban el hotel en aquellos momentos. No intercambiaron palabra alguna.

Cuando llegaron al interior de la terminal, Charlotte se volvió para mirarlo.

—Gracias por todo —le dijo antes de que pudieran llegar al mostrador de facturación—. Bueno... me refiero a lo de rescatarme y todo eso.

—Ha sido un placer —respondió él, con un brillo especial en sus ojos oscuros.

—Bueno... supongo que... Adiós, entonces.

—Digamos mejor *au revoir*, nena.

Nic se inclinó para darle un casto beso en los labios. Entonces, Nic se dio la vuelta y se marchó, desapareciendo entre la multitud.

Charlotte se mordió el labio inferior y contuvo un fuerte impulso de llamarlo para que regresara. ¿Por qué estaba dejando que aquel hombre saliera de su vida cuando apenas existía la posibilidad de volver a encontrarse con él?

Echó a andar detrás de él, pero no tardó en darse cuenta de que era demasiado tarde. La terminal estaba sumida en el caos. Corría el riesgo de no encontrarlo y de perder el vuelo. Además, aunque lo encontrara, ¿qué iba a decirle?

Agradeció la comodidad y la relativa intimidad que le proporcionaba el asiento de la ventana en la parte delantera del avión. No tenía que mirar a otros pasajeros y, además, el asiento al lado del suyo estaba vacío. Se puso los cascos, cerró los ojos y se dejó llevar...

Tenía frío. Charlotte se frotó los brazos al notar el potente aire acondicionado del avión, luchando contra el sueño y las imágenes que llevaban turbándola ya seis semanas.

Flynn es la cocina de su casa, tan guapo como siempre.

—He decidido presentarme a candidato para la siguiente elección del estado.

—¿Cómo? ¿Política? —preguntó ella sin entender—. Pensaba que estabas simplemente haciendo contactos entre el electorado, ofreciendo tus habilidades como voluntario. Que era parte de tu plan para nuestro negocio de vinos y quesos...

—Ese negocio no va a existir, Charlotte.

—Pero el curso de viticultura...

—Cambié de curso el año pasado.

—¿Y no me lo dijiste? —le había preguntado ella, muy enojada—. ¿No te molestaste en decirle a tu prometida que estabas considerando una carrera en el mundo de la política? ¿Qué ha pasado con lo de compartir todo lo que hay entre nosotros? ¿Cómo has podido dejarme al margen de ese modo?

–Sé cómo te sientes al estar en el ojo público –respondió él encogiéndose de hombros–. Y, francamente, estar casado con una nadie que odia ser el centro de atención no es bueno para un futuro político. Mírate, Charlotte. Mira este lugar –añadió mientras miraba la cocina en la que se encontraba–. Vives en otra época. Yo necesito una esposa que pueda estar a mi lado en el futuro. Una mujer que sepa cómo convertirse en icono de moda. Una mujer que tenga agallas suficientes como para no temer hablar en público.

Aquella traición de todo en lo que ella había creído sobre Flynn, sobre ambos, la hirió profundamente.

Charlotte se despertó cuando el avión atravesó unas turbulencias. Se puso a mirar por la ventana y contempló la línea costera sobre la que el avión descendía, en Nadi. Flynn había utilizado la posición social de su prometida para establecer contactos. Luego, se había deshecho de ella.

Una nadie.

Apretó los dientes mientras contemplaba el paisaje. La noche anterior había demostrado que era una mujer segura y capaz de ser quien quisiera ser. Debería darle las gracias a Flynn por haberla hecho reaccionar.

Salió del avión para encontrarse rodeada de un aire húmedo y tropical. Siguió al resto de los pasajeros a través del asfalto para llegar a la terminal. Cuatro componentes del personal local, ataviadas con ropa de brillantes colores, el *Sulu Jaba*, la tradicional falda larga y flores de hibisco tras la oreja, los recibieron con sus resplandecientes sonrisas. Tocaban el banjo para acompañar unas deliciosas armonías isleñas.

Charlotte sonrió a las mujeres y se dirigió a la zona de recogida de equipajes para recoger su maleta. Ya le encantaba Fiji. Un lugar en el que no conocía a nadie ni nadie la conocía a ella...

Aquel pensamiento se esfumó cuando vio un par de anchos hombros cubiertos por una familiar camisa oscura cerca de la cinta del equipaje. El corazón se le detuvo durante un instante. Observó cómo él tomaba su maleta. Antebrazos bronceados. Músculos tensándose.

Nic.

No podía moverse. Contra su voluntad, tampoco podía apartar la mirada de él. Su alto y bronceado cuerpo, las largas piernas que lo llevaban hasta las Aduanas. ¿Qué estaba haciendo él en Fiji? Trató de apartar la mirada, pero le resultó imposible. La única aventura de la que se había permitido disfrutar...

Charlotte atravesó las Aduanas guardando las distancias con él, pero, de repente, Nic se detuvo con el móvil en la mano, justo en las puertas de salida. ¿Cómo iba a poder pasar a su lado?

Entonces, como si él sintiera que Charlotte le estaba observando, giró la cabeza y, por encima del hombro, cruzó su mirada con la de ella. Sin dejar de hablar por teléfono, la miró muy fijamente. Charlotte no podía moverse. Por fin, terminó con su llamada y se dirigió hacia ella.

—¿Qué estás haciendo aquí?

Nic dejó su maleta en el suelo y le dedicó una sonrisa llena de encanto.

—¿Qué es lo que hace uno habitualmente en Fiji? Relajarse y disfrutar.

—Me mentiste.

—¿Mentirte, dices? —repitió Nic frunciendo el ceño.

—Dijiste que ibas a Hawái.

–No. Tú diste por sentado que yo iba a Hawái.

–Y tú me lo permitiste –le espetó ella–. Hablamos al respecto y tú me dejaste creer que...

–Me preguntaste si había estado antes en Hawái. Yo te dije que trato de ir cada dos años más o menos. Da la casualidad que este año no voy.

–Tú sabías exactamente a lo que yo me refería. No me dijiste que te dirigías a Fiji cuando hablamos sobre Hawái.

–¿Y por qué iba a hacerlo? Dijimos que nada de intercambiar información personal. Tus reglas, Charlotte, ¿recuerdas?

–No te vi en la sala de embarque de Melbourne ni en las Aduanas...

–Esa era mi intención. Tú insististe mucho en que solo querías una noche. Que no requerías más servicios.

Charlotte se sonrojó al escuchar aquella manera tan cruda de resumir su velada juntos. Evidentemente, eso era lo que le parecía a él. Acababa de hacer que su noche juntos pareciera algo barato y sórdido. Acababa de estropear los recuerdos. Charlotte sintió que le odiaba por eso.

–Habría estado mejor enfrentándome a ese reportero –repuso ella.

–Venga, Charlotte –comentó él con una sonrisa–. Relájate un poco.

–¿Y ahora qué? Ahora no estás tratando de evitarme. De hecho, has hecho todo lo posible por encontrarte conmigo. Tal vez tú también seas un reportero y estabas metido en esto con ese tipo.

–¿De verdad crees eso? ¿Por qué no nos buscamos un lugar un poco más privado para hablar...?

–Nada de eso. Aquí estamos bien

–Está bien. Me he pasado todo el vuelo pensando en ti. Me preguntaba si habrías cambiado de opinión porque realmente me gustaría volver a verte mientras los dos estemos aquí.

—Yo no he venido a Fiji para estar con nadie. He venido aquí para estar sola.

—Pues es una pérdida de puestas de sol románticas, ¿no te parece?

—No...

—Admítelo, Charlotte. Disfrutaste del tiempo que pasamos juntos tanto como yo. Podría ser mucho mejor en una cálida noche tropical, con las ventanas abiertas, la brisa del mar entrando por la ventana y refrescándonos la caldeada piel...

—Sí —le espetó ella—. No me refiero a lo de que podría ser mejor... Anoche lo dije en serio. Lo admito, pero eso solo fue anoche.

—Y ahora estás pensando en lo mucho que te gustaría volver a repetir.

—Tú... tú estás demasiado seguro de ti mismo.

—¿Acaso prefieres un hombre menos firme?

—Prefiero estar sola, como ya te he dicho. En estos momentos, los hombres no están en mi agenda.

—Sin embargo, conmigo has hecho una excepción. Me siento halagado.

—Pues no deberías estarlo —repuso ella—. Tú estabas disponible. Resultabas conveniente y te utilicé. Te utilicé sin vergüenza alguna. Una noche. Nada más —concluyó—. Espero que disfrutes de tus vacaciones. Adiós.

—Tengo un coche esperando. Al menos, permíteme que te lleve a tu hotel. ¿En dónde te alojas?

—He pedido que un coche de mi hotel venga a recogerme. De hecho, el chófer se estará preguntando dónde estoy —dijo.

—En ese caso, te acompañaré fuera.

Charlotte comenzó a tirar de su maleta y se dirigió a

la salida. Mientras examinaba la zona para descubrir su coche, vio que Nic le hacía una señal a una reluciente limusina que se acercó inmediatamente al bordillo. El chófer bajó y les dedicó una sonrisa.

–Hola, Nic. *Bula vinaka*!

–Malakai*, bula*.

Charlotte contempló asombrada cómo los dos hombres se daban la mano y se saludaban con gran familiaridad.

–Otra huésped del hotel que iba en tu vuelo va a venir con nosotros –dijo el chófer mirando a su alrededor–. Aún no la veo.

Nic miró a Charlotte.

–¿Vas a Vaka Malua Resort, por casualidad?

Charlotte no se lo podía creer. Entonces, se fijó en el uniforme que llevaba el chófer y reconoció el logotipo. ¿Por qué de todos los hoteles de Fiji había tenido que escoger precisamente aquel? El destino la estaba sometiendo a un duro castigo...

Asintió lentamente.

Nic le dijo algo al chófer en voz muy baja y luego se dispuso a ocuparse del equipaje de Charlotte. Lo metió en el maletero de la limusina y dijo:

–Charlotte, te presento a Malakai.

Malakai le dedicó una amplia sonrisa y abrió la puerta del coche.

–*Bula,* señora. Bienvenida a Fiji.

–Hola. *Bula* –repuso ella con una sonrisa forzada mientras entraba en el vehículo.

Se sentía muy confusa. Tal vez lo comprendería mejor cuando pudiera cerrar por fin la puerta de su suite y olvidarse del resto del mundo. Vaka Malua era un resort de lujo y, según la página web, resultaba espacioso e íntimo. Ella tenía una piscina privada y vistas al mar. Si quería, podía evitar al resto de los turistas. A Nic, por ejemplo.

Cuando Charlotte estuvo en el interior del coche, Nic se montó también. Se sentó a su lado, aunque se aseguró de dejar el espacio suficiente entre ellos.

No creía ni un minuto en la aseveración que Charlotte había hecho sobre la noche que habían pasado juntos. Conocía bien a las mujeres y ella no era ese tipo de fémina. Él había manipulado la situación para que se convirtiera en lo que él quería, por lo que, comprensiblemente, Charlotte estaba enojada con él.

Al contrario que él, resultaba evidente que ella provenía de una familia de dinero. Una niña rica con algo que ocultar. Nic había notado cómo la emoción le nublaba la mirada cuando ella le habló de las perlas de su madre y de las vacaciones familiares en Hawái. Resultaba evidente que la familia era muy importante para ella.

Había afirmado que no quería tener nada que ver con él. Por lo tanto, le quedaban cuarenta minutos para trabajar en esa situación.

Apretó el botón y abrió un poco su ventanilla para dejar que el aroma de los trópicos entrara en el vehículo.

—¿Has estado antes en Fiji, Charlotte?

—No.

—¿Y tu primera impresión?

—Me parece que se trata de un lugar agradable, relajante...

—¿Te molesta que haya abierto la ventanilla?

—No. Conoces al conductor —murmuró ella en voz muy baja.

—Suelo venir con frecuencia a Fiji y siempre lo hago a Vaka Malua. Malakai trabaja allí desde que abrieron el resort.

—Entiendo...

–¿Sueles viajar mucho?

–No. Llevo dos años sin hacerlo.

–¿Cuánto tiempo te vas a quedar aquí?

–Dos semanas.

–Bien. Espero que encuentres lo que andas buscando.

Charlotte no respondió.

Por fin, el resort apareció en la distancia. Se trataba de un grupo de tejados de color gris, construidos según la arquitectura local de Fiji. Los lujosos bungalows se extendían por la ladera de una colina mientras que el resto del resort se extendía hacia la playa.

Malakai se detuvo bajo el pórtico de entrada, en el que se encontraba la recepción.

–¿Tú también te bajas aquí? –le preguntó a Nic.

–No –respondió él. Entonces, se volvió para mirar a Charlotte mientras Malakai descendía del coche para abrirle la puerta–. Ya hemos llegado. Tengo algo de lo que ocuparme en otra parte.

–Espero que disfrutes tu estancia aquí –repuso ella.

–Tú también.

Nic observó cómo descendía del coche. Charlotte tenía el trasero más sexy que había visto en mucho tiempo.

E iba a estar allí durante dos semanas.

–Espera –le dijo. Entonces, abrió la cartera y sacó un billete de cincuenta dólares australianos y anotó su teléfono en el borde. Después, bajó de la limusina y la rodeó para entregárselo–. Por si cambias de opinión.

Sin esperar a que ella respondiera, se volvió a meter en la limusina y cerró la puerta.

–Llévame a casa, Malakai.

Entonces, con una sonrisa, se preguntó quién cedería el primero.

Capítulo 5

HAN LLEGADO ya los nuevos muebles?
Nic hablaba con libertad tras haberse quedado a solas con Malakai. Los dos se dirigían a la residencia privada de Nic, que estaba pegada al resort y a la que se accedía por una carretera particular rodeada de abundante vegetación.

–*Ni mataka* –respondió Malakai–. Mañana. Los enviaron al resort por error esta tarde. Prometieron regresar por la mañana.

–¿Y la decoración ya está terminada?

–*Io*. Sí. A Tenika le gustan mucho las pinturas –dijo Malakai. Hablaba con mucho cariño de la que era su esposa–. Las colgamos como tú nos dijiste. Quedan muy bien.

–Me muero de ganas de verlo.

Nic también tenía muchas ganas de ponerse al día con la pareja que ocupaba un ala separada de su casa y cuyo empleo era mantener la mansión impoluta cuando él estaba en el sur.

Instantes más tarde, atravesaron las altas verjas y entraron en la finca. La felicidad de estar allí se unía al orgullo que Nic sentía por poseer aquella mansión pintada de blanco, con sus contraventanas de madera. La compró varios años atrás, como parte de un hotel abandonado. Entonces, negoció con los dueños para llevar todo el resort al siglo XXI y se convirtió en socio en la sombra de todo aquello. Visitaba el resort cuando no estaba trabajando, conocía a todos los empleados, asistía a las fiestas y se ocupaba de que todo funcionara a la perfección.

Sin embargo, su casa era un santuario que él protegía con fiereza por medio de altos muros y de estrictas medidas de seguridad. Allí no celebraba fiesta alguna y ninguna mujer atravesaba nunca aquellos muros desde Angelica. Si quería compañía femenina mientras estaba en Fiji, la encontraba en otro lugar, en otro hotel, preferiblemente lejos de la isla principal.

El coche se detuvo y Nic descendió del mismo, dejando que Malakai fuera a aparcarlo en el garaje.

Durante las siguientes horas, se puso al día con Malakai y Tenika y admiró el nuevo huerto que los dos habían plantado en su ausencia.

Más tarde, tras darse un baño en la piscina y vestirse, se puso a trabajar con su ordenador. La luz del crepúsculo teñía la bahía, coloreándola de tonos morados y bermellón. El olor de las antorchas de queroseno entraba por la venta. El tradicional *Meke*, que se celebraba al lado del mar, estaba en pleno apogeo. Cánticos y ritmos lejanos flotaban en el aire. Nic se reclinó sobre su butaca, satisfecho con las cinco enormes pantallas que reflejaban una imagen envolvente y tridimensional del mundo utópico que él había creado.

El Crepúsculo de Utopía había sido su primer éxito, inspirado después del incidente de Angelica. Había necesitado tres años de batallas en los tribunales para reclamar los trabajos anteriores que ella y su amante habían plagiado. Retirarse de la vida real para recluirse en aquel mundo alternativo lo había salvado.

El Crepúsculo del Camaleón apareció dos años más tarde. *El Consejo del Camaleón,* el final de la trilogía, estaba prácticamente terminado. Necesitaba un respiro para revitalizar su creatividad, pero los jugadores *online* exigían más aventuras del Onyx One.

Se reclinó en la silla e hizo tamborilear los dedos sobre el borde del escritorio. Tenía que crear un nuevo interés amoroso para el Onyx y conseguir así que las jugadoras siguieran interesadas en el juego.

Desde la ventana de su despacho, miró hacia los exclusivos bungalows del complejo. Tal vez su heroína podría ser una mujer a la que le encantaban los accesorios personalizados y que tuviera un misterioso pasado...

Después de registrarse en el hotel, de cenar en su suite y de acostarse temprano, Charlotte pasó su primer día de estancia allí descansando junto a la piscina y terminando una novela que llevaba una eternidad queriendo leer.

Hizo todo eso porque necesitaba estar sola, no porque no quisiera encontrarse con Nic. De hecho, no había pensado en Nic en absoluto. Y no quería mirar el billete de cincuenta dólares que tenía en el bolso.

Sin embargo, no podía dejar de pensar que él estaba allí, en alguna parte. Disponible. Solo necesitaba una llamada telefónica.

La segunda mañana se despertó a las seis. Decidió que no iba a permitir que Nic le dictara lo que podía o no podía hacer en las primeras vacaciones que se tomaba en más de dos años. ¿Por qué tenía que sentirse como si fuera una prisionera en un lugar tan hermoso?

Por lo tanto, después de desayunar, se puso un par de pantalones blancos y una camiseta rosa, metió su bloc y sus pinturas en un bolso, junto con una botella de agua, se puso un sombrero y salió.

Respiró el aire salado del mar. Libertad y relajación.

Mientras atravesaba el resort, se encontró con otros huéspedes que se dirigían ya a las piscinas y a la playa. Sin embargo, ella quería pasar su mañana sola, sin distracciones. Se dirigió hacia una parte de la playa algo más alejada.

Hacía tres semanas que había vendido la bodega de sus padres, el lugar donde había estado trabajando toda su vida. Había sido un negocio familiar. Ella se había ocupado de la oficina. Los nuevos dueños le habían pedido que se quedara, pero ella no quería trabajar con unos desconocidos.

Además, no necesitaba tener un sueldo. Tenía su herencia. Sin embargo, tenía que hacer algo. Las organizaciones benéficas que su madre y ella llevaban años apoyando no suponían suficiente desafío o distracción.

Por eso, había decidido seguir con sus diseños de lencería, algo con lo que llevaba coqueteando ya unos años. Solo se trataba de un pasatiempo, pero le encantaba todo el proceso. Diseño, manufacturación y, principalmente, vestir lo que diseñaba.

Bajo las sencillas ropas que le gustaba ponerse, podía dejarse llevar por su pasión secreta por lo sexy y convertirse en esa mujer sensual que tanto deseaba ser. El modo en el que Nic le había hecho sentirse durante aquellas horas tan especiales...

Tenía que sacárselo de la cabeza.

Mientras se acercaba a la playa, vio unos pinos muy altos junto a los cuales crecía una espectacular buganvilla que crecía sobre una pared de color crema. Se percató de que había un agujero natural en el follaje y lo atravesó. Una colorida sombrilla proporcionaba sombra a una mesa y unas sillas de madera. Había un par de tumbonas para los que querían tomar el sol, pero parecía que los huéspedes estaban más interesados por el agua porque no había ni un alma en aquella zona.

Perfecto.

Abrió su bloc y lo extendió sobre la mesa. Entonces, sacó los lápices de colores y dejó que la mano volara sobre el papel, experimentando.

Islas del Pacífico. Colores vivos y diseños descarados. Estilos sensuales y juguetones que sugerían diversión y verano. Sin embargo, como su libido aún seguía tan desbocada, las ideas tomaron muy pronto forma en diseños más eróticos. Braguitas sin entrepierna. Umm... La otra noche le habrían venido muy bien...

–¡Eh, usted!

Una profunda voz masculina rompió la paz que reinaba a su alrededor. Dura. Enojada. Y familiar. Se bajó el sombrero un poco más y se colocó las gafas.

Vio que Nic se acercaba a ella ataviado con un par de pantalones cortos de color blanco. Era lo único que llevaba puesto. Así, quedaban al descubierto sus abdominales y un estómago liso como una tabla que relucía al sol. Había estado nadando o haciendo ejercicio, aunque, por el modo en el que los pantalones se le pegaban a las piernas, la natación era lo más probable. Al verlo, Charlotte sintió que la respiración se le cortaba y que el pulso se le aceleraba.

–¿Me estás acosando? –le espetó–. Porque si...

–¿Acosándote? –la interrumpió él–. Estás en una propiedad privada –le informó tras detenerse a pocos metros de ella–. Charlotte... –susurró sorprendido al ver de quién se trataba.

Ella consiguió cerrar el bloc para evitar que él viera sus diseños y se puso de pie para minimizar la diferencia de altura.

–Yo...

–¿Qué estás haciendo aquí?

–Puedo ir a donde quiera dentro de este resort. ¿Qué quieres decir con eso de propiedad privada?

–¿La señal que hay en la verja no te dio una pista?

–¿Qué verja? –preguntó ella. Se dio la vuelta para mirar hacia el lugar desde el que había llegado–. Ah, esa verja –comentó. Una verja sobre la que había un cartel escrito con grandes letras negras. *Propiedad Privada. Prohibido el acceso a los huéspedes*. Volvió a girarse para mirar a Nic–. Si la dejas abierta, nadie se da cuenta de que está ahí. No me puedes culpar de no haberla visto.

–Vaya, los que han traído los muebles deben de habérsela dejado abierta –comentó él con un suspiro de impaciencia.

Charlotte lo miró fijamente. Entonces, recordó que no lo había visto registrándose en el hotel.

–¿Vives aquí?

Nic dio un paso al frente y miró con curiosidad el bloc que Charlotte tenía sobre la mesa.

–¿Qué estás haciendo?

–Nada –respondió ella. Recogió el bloc de la mesa y se lo colocó contra el pecho–. Solo estaba dibujando. Las flores. Las hojas. Las formas. Nada en realidad.

–¿Y cómo lo sé yo? Podría ser que fueras tú quien me está acosando a mí. Después de todo, no te conozco, ¿verdad, Charlotte? ¿Cómo sé que no estás aquí para...?

–¿Quién eres tú?

–Nic Russo. Y vivo aquí. Ahora, quiero que me enseñes en lo que estabas trabajando.

–Ni hablar. Es algo privado.

–Y este jardín también lo es.

–Y bien bonito que es. Maravilloso. Me encantan las máscaras que tienes sobre la pared.

–Igual que tú. Bonita y maravillosa –susurró él con voz sugerente–. ¿Acaso tú también llevas puesta una máscara, Charlotte? ¿Acaso ocultas quién eres en realidad?

–No. Tan solo soy una persona muy reservada. Eso es todo.

–Y yo también, en lo que se refiere a proteger lo que es mío. Tal vez seas una espía encubierta que tiene como misión robar mi siguiente proyecto.

–¿Espía? –repitió ella con incredulidad–. ¿Robar? ¿Acaso vives en una realidad alternativa o es que simplemente estás loco? Me niego a tener esta ridícula conversación.

Con eso, se dio la vuelta y se dirigió rápidamente hacia la verja. Nic la siguió y la alcanzó rápidamente.

–Realidad alternativa. Resulta interesante que tú digas eso. ¿Coincidencia?

–Mira, me disculpo por haber entrado en tu finca, pero te agradecería que me dieras una respuesta sincera antes de que me vaya.

–Si te la doy, ¿me dejarás ver en qué estabas trabajando?

–No –respondió ella mientras aferraba con fuerza el bloc–. Quiero una respuesta sincera.

–Diseño programas de ordenador. Programas de ordenador muy lucrativos.

–¿Programas de contabilidad o algo así?

–No –contestó él. Parecía haberle divertido aquella posibilidad–. ¿Acaso tengo yo aspecto de contable?

Charlotte sonrió muy a su pesar.

–En realidad, no.

–Construyo mundos alternativos y creo personajes que viven allí. Es interactivo. Todo el mundo puede visitarlos mientras paguen y se registren *online*. Sin embargo, algunas personas creen que está bien robar un trabajo que le ha llevado a otra persona años de sangre, sudor y lágrimas crear.

–Está bien. Lo comprendo. Lo siento. Simplemente vi el jardín y como no había nadie...

–O tal vez simplemente no podías mantenerte alejada –repuso él. Su voz se hizo más profunda y su mirada cambió–. Has preguntado sobre mí en el resort y has venido para decirme que quieres seguir con lo que empezamos durante unos días más.

–No, Nic. Yo... No...

–Lo podrías aclarar todo si demuestras que realmente estabas trabajando en algo aquí y que no me estabas acosando...

–Te juro que no estaba acechando. Simplemente...

–Estabas esperando desesperadamente que yo saliera y te encontrara aquí –murmuró él.

Charlotte escuchó sus palabras, pero no pudo reaccionar. Entonces, le agarró los hombros y tiró de ella hacia sí hasta colocar los labios de Charlotte a un suspiro de los suyos. Ella se moría de ganas porque la besara. Cuando Nic le quitó el bloc y lo colocó sobre la mesa, Charlotte ni siquiera intentó impedírselo.

–Porque si yo te encontraba a ti, tú no estarías cediendo la primera –continuó–. No me importa. No me importa dejarte ganar. En esta ocasión.

Antes de que ella pudiera oponerse, Nic la besó. Suave, hábilmente, con una seguridad a la que ella no pudo oponerse.

Adicción inmediata. Charlotte se sintió atrapada por los sabores y las sensaciones. Incapaz de detenerse, le deslizó las manos sobre la piel, explorando las diferentes texturas mientras él le hacía sentir la magia de sus besos.

Sin embargo, si él simplemente estaba demostrando

que tenía razón y había querido provocar simplemente unas sensaciones físicas, las emociones que ella estaba sintiendo distaban mucho de ser tan sencillas. Las señales de alarma saltaron. Charlotte no estaba preparada para aquellos sentimientos. Una relación con Nic terminaría teniendo malas consecuencias para ella. Pararía en cualquier momento...

Los músculos de las piernas se le relajaron, los brazos rodearon el cuello de él con fuerza. Los dedos de los pies se le curvaron en el interior de las sandalias.

Nic levantó los labios un instante.

—No me gusta tener que interrumpir esto, pero tu trabajo...

—¿Trabajo? —murmuró ella estirando el cuello para volver a atraparle los labios.

Nic le lamió el labio inferior.

—Lo que estabas haciendo cuando te interrumpí. ¿Te acuerdas de esa cosa tan privada que no querías que yo viera bajo ningún concepto?

Charlotte se apartó de él y giró la cabeza a tiempo para ver cómo sus dibujos volaban como mariposas gigantes por el jardín.

—¡No! —exclamó. Empezó a correr por todas partes, rescatando lo que podía—. ¡Ya los tengo! —gritó, por si acaso él le seguía—. ¡No mires!

Sin embargo, cuando se dio la vuelta con las arrugadas páginas entre las manos, vio que Nic la estaba mirando con gran interés. No decía nada, pero tenía una sonrisa en los labios.

—Ahora me marcho —le informó ella con el rostro ardiendo. Metió los papeles y todo lo que pudo rescatar en el bolso, agarró su sombrero y se dirigió hacia la verja—. Mantente alejado de mí. Lo digo en serio —añadió a través de dientes apretados—. Eres malo para mí.

Con eso, Charlotte se dio la vuelta y salió huyendo
sabiendo que él la estaba observando. Malo para su
tranquilidad mental. Malo para su fuerza de voluntad.
Mala distracción.

Malo. Malo. Malo.

Sin dejar de sonreír, Nic observó cómo ella se mar-
chaba. Esperó hasta que ella hubo desaparecido y luego
recogió una hoja suelta que se había quedado engan-
chada debajo de la mesa. Alisó el papel y contempló
una imagen muy erótica.

Flores. Ya.

Sonrió. Sin embargo, al fijarse bien, se dio cuenta de
que aquel era el trabajo de una artista con mucho ta-
lento. Ella había añadido notas sobre la fabricación, sobre los detalles de la tela, de las combinaciones de colores...

Dobló el papel por la mitad. Aquel boceto le daba la
excusa perfecta para volver a verla, a pesar de que no
necesitaba excusa alguna. Cerró las verjas con llave sin
dejar de pensar en su inesperada visitante. Como era natural, ella querría recuperar su diseño. Lo natural era
que él se lo devolviera. Aquella misma noche.

Se marchó directamente a su ordenador, se sentó y
comenzó a estudiar las pantallas con los personajes que
evolucionaban en su mundo de fantasía. Tocó el ratón
y se puso a trabajar. Tenía que terminar un día completo
de aventuras antes de que pudiera ponerse a pensar en
otras cosas.

Charlotte cerró la puerta de su suite y cerró los ojos
al mismo tiempo. Imágenes constantes bailaban en su

imaginación. Por suerte, le había dicho que se mantuviera alejado de ella. Lo único sensato que le había dicho. Y lo de que era malo para ella.

Se acercó a la ventana y observó la enorme mansión
en la que él vivía y que destacaba entre los árboles.

—¡Ay, papá! —exclamó—. ¿Qué pensarías de mí?

Después de su comportamiento, su padre ya no la
consideraría su princesa. Se tocó las perlas del cuello.
Su madre estaría escandalizada.

Nic Russo.

Se apartó de la ventana y abrió su ordenador portátil.
Lo encendió y, treinta segundos más tarde, estaba buscando el nombre en las redes sociales. Sin embargo, los
hombres que ella encontró bajo aquel nombre no enca-
jaban con nadie que creara juegos de ordenador y que,
evidentemente, ganaba mucho dinero haciéndolo.

Apretó los puños encima del teclado. Tan pronto
como se hubiera tranquilizado, cuando hubiera conseguido pensar un poco las cosas, buscaría a Nic Russo o
quien quiera que él fuera y le exigiría respuestas.

Eso si él no la encontraba primero.

Capítulo 6

A LAS CINCO y media, Nic se dio una ducha y bajó con el papel de Charlotte en el bolsillo de la camisa. Tenika le había planchado una camisa con estampado local, roja con una flor de hibisco blanca y la había colocado sobre su cama con un hibisco blanco recién cortado. Nic sabía que la mujer esperaba verlo con las dos cosas puestas.

Tenika estaba en la cocina lavando las verduras que él la había visto recoger del huerto poco antes, desde su ventana.

—¿Cómo te ha ido el día? —le preguntó Nic mientras tomaba un plátano.

La mujer se dio la vuelta del fregadero y sonrió.

—*Bula*, Nic. ¿Quieres ya *kakana*? Hoy hay verduras del huerto con pescado fresco.

—*Vinaka,* pero no cocines nada para mí esta noche.

—Ah, tienes una guapa *marama* esperándote —comentó la mujer mientras lo miraba de arriba abajo y asentía con aprobación—. *Totoka.* Muy guapo. Esa mujer tiene suerte. Malakai me ha contado que se aloja en el resort —añadió, muy emocionada.

—Malakai se está precipitando en sus conclusiones.

Tenika sacudió la cabeza, colocó las hojas en un enorme colador y abrió el grifo.

—Malakai nunca se precipita... es demasiado viejo.

Me dijo que esa guapa *marama* y tú estabais hablando ayer en el coche. Muy juntos.

–Charlotte estaba en el mismo vuelo. Tengo algo que debo devolverle.

Tenika realizó un sonido de incredulidad y siguió lavando la verdura en el fregadero.

–Te gusta... esa Charlotte. ¿Quieres que Malakai traiga el coche?

–No vamos a salir del hotel. Solo vamos a ir a ver el *Meke* y luego a lo mejor a cenar.

–Tráela aquí mañana para que yo pueda conocerla y ver por mí misma si es lo suficientemente buena para ti. Puedo cocinar buena *kakana* para ti y para ella.

–No creo.

–Nunca traes *maramas* guapas aquí –comentó ella mientras sacaba las hojas y las echaba en un bol–. A tu casa. Tal vez esta te gusta más que las otras. Tráela.

–Tenika...

–Tal vez te cases con ella. Tengas bebés. A los isleños nos gustan los bebés. Yo puedo ayudar.

–Eso ya lo sé –dijo él suavemente. Se quitó el hibisco de detrás de la oreja y se lo colocó a Tenika detrás de la suya–. Hasta mañana.

Salió por la puerta de atrás. La noche era perfecta, cálida y tranquila, con un cielo estrellado y el aroma a carbón de la parrilla.

Nic tenía acceso a todas las zonas del complejo, por lo que le había resultado muy fácil enterarse de que ella se alojaba en uno de los bungalows más exclusivos.

Llamó a la puerta y, un instante más tarde, ella la abrió.

–Buenas noches.

–Me había imaginado que ibas a presentarte –dijo Charlotte. Llevaba un pareo negro con flores en blanco y azul celeste. E iba sin sujetador. Tenía el brillante cabello recogido en lo alto de la cabeza.

–Solo era cuestión de tiempo –replicó él con una sonrisa.

–Supongo que es mejor que entres –comentó ella mientras se hacía a un lado para que él entrara–. ¿Utilizaste también tus encantos con las chicas de Recepción?

Nic entró en la suite y cerró la puerta.

–No ha sido necesario. Soy socio de este resort. Encontrar en los libros a una tal Charlotte Dumont ha estado chupado.

Charlotte se tensó antes de seguir avanzando por la estancia.

–Entiendo.

–Tu nombre estaba en el listado del aeropuerto de Malakai.

–Y, por supuesto, tú no has podido evitar fijarte –replicó ella. Sus hermosos ojos grises estaban nublados de preocupación cuando se detuvo por fin y se giró para mirarlo–. Por lo tanto, supongo que ahora ya lo sabes todo sobre mí.

–Si te refieres a si te he investigado en Internet, la respuesta es no. Respeto la privacidad. Sin embargo, si quieres hablarme un poco de ti, me parece bien. De hecho, estaba esperando que fuera esta noche –comentó. Entonces, vio el ordenador de ella sobre el escritorio–. A mí no me vas a encontrar en las redes sociales.

Charlotte se sonrojó.

–Yo no estaba... Mucho –observó mientras se acercaba al ordenador y lo apagaba–. Dijiste que diseñabas juegos de ordenador. Me había imaginado que tendrías un enlace para que tus fans pudieran ponerse en contacto contigo.

–Utilizo un pseudónimo.

–Muy conveniente –dijo ella con escepticismo.

–No lo es –repuso él. Entonces, se acercó hacia Charlotte, se sacó la cartera del bolsillo trasero y le enseñó el permiso de conducir–. Léelo. En voz alta.

–Dominic T. Russo –confirmó Charlotte–. Está bien.

–Y... –añadió él–... pensé que te estarías preguntando dónde estaba esto.

Nic sacó el boceto de Charlotte y se lo enseñó. Ella miró la página, la agarró, cerró los ojos y la dobló mientras murmuraba algo breve e inesperadamente mundano para ella.

–Charlotte, no haces más que sorprenderme –rio él al ver cómo se sonrojaba–. Sin embargo, no debes preocuparte. Tus secretos están a salvo conmigo.

–Ni siquiera me había dado cuenta de que me faltaba. Esta mañana hiciste que me acalorara y ahora estás volviendo a hacerlo.

–¿Sí? ¿Y puedo hacer algo para aliviarte?

–Me niego a responder porque podría provocar que me saliera un sarpullido que me impediría salir de esta suite durante el resto de la velada.

–¿Y si respondes y nos las apañamos juntos con el sarpullido, si te sale?

–Claro, ¿por qué no? –replicó ella. Sin embargo, se limitó a deslizar la página entre las tapas de su cuaderno de bocetos–. Gracias por traérmelo personalmente.

–No me pareció que te apeteciera que lo viera nadie más. Parece importante.

–Podría serlo –dijo sin explicar más. Entonces, guardó el ordenador en su funda–. Iba a cambiarme y a bajar para ver el baile.

–Me alegra porque precisamente había venido a pedirte si te gustaría acompañarme a verlo y tal vez ir a cenar después. Sin embargo, no te cambies. Encajarás perfectamente tal y como estás. Este hotel es un lugar informal y muchos turistas van con traje de baño y pareo.

–Yo no –replicó ella. Se dirigió a su armario y sacó un vestido blanco y largo.

Nic negó con la cabeza.

–Cuando estás en estas islas, debes hacer lo que hacen los isleños. Quédate con el pareo, por favor.

Además, quería tener la oportunidad de quitárselo más tarde.

Charlotte respiró profundamente y luego volvió a meter el vestido en el armario.

–Al menos, dame un momento para que me arregle un poco –dijo antes de desaparecer en el cuarto de baño.

Nic se sentó el sofá para esperar y se dio cuenta de que ella aún tenía la maleta abierta sobre la cama. Sin poder evitarlo, dejó que su mirada recorriera su contenido. Ropa interior. De todos los colores, telas y fantasías. Si ella hubiera hecho lo que él le hubiera pedido, la habría obligado a ponerse aquella ropa interior para bailar, para luego quitársela muy lentamente...

Decidió que era mejor poner freno a aquellos pensamientos tan carnales. Aquella noche debía tratar de conocerla en un contexto social. Debía descubrir a Charlotte como persona.

Al menos, para empezar.

Se conocerían un poco mejor, disfrutarían de unas cuantas noches más juntos y luego ella se marcharía. Nic ni siquiera tendría que inventarse una excusa para terminar y poder marcharse.

Perfecto.

Los dedos de Charlotte temblaban mientras se quitaba la goma elástica del cabello. Mientras se peinaba, decidió que ver a Nic no la había afectado, si se descartaba la oleada de deseo que le había recorrido los muslos cuando él apareció en la puerta, sino el hecho de saber que él había visto sus atrevidos diseños.

Se ajustó el nudo del pareo entre los senos. No le gustaba atraer la atención sobre sí misma, pero tal vez Nic tenía razón. Si iba más informal, se mezclaría mejor con el resto de los asistentes.

Se dejó el cabello suelto, pero se recogió uno de los lados detrás de la oreja.

No le había servido de nada decirle a Nic que se mantuviera alejado. Sabía exactamente cómo iba a terminar aquella velada si él se salía con la suya. También sabía que ella no se opondría.

La noche era maravillosa. Las tranquilas aguas reflejaban los últimos rayos del sol. Las palmeras se destacaban frente a un cielo rojizo y anaranjado. Alguien había encendido ya las antorchas.

—Esta noche van a actuar los niños más pequeños de la escuela del pueblo —le dijo Nic mientras se dirigían hacia la fiesta.

—¿Conoces a esos niños?

—Llevo ya unos dos años trabajando con los talleres de informática que dan así que se puede decir que sí. Los mayores ayudan a los pequeños. Una gran familia. Nadie queda excluido. Así se hacen las cosas en Fiji.

Se sentaron en los bancos con los demás asistentes para ver el espectáculo. Un grupo de bailarines actuó en primer lugar. Después, las mujeres, adornadas con flores, mostraron la gracia con la que movían sus faldas de paja. Por último, llegaron los niños, a los que los espectadores aplaudieron con gran entusiasmo.

Cuando todo terminó, los huéspedes se dispersaron para dirigirse a uno de la media docena de restaurantes que había en el complejo. Nic le hizo una señal a una de las bailarinas.

–¡Kas!

–¡Nic! –respondió ella, con una sonrisa. Se acercó inmediatamente–. *Bula.* ¡Has vuelto! Los niños te han echado mucho de menos –añadió la mujer después de que se dieran un beso en ambas mejillas–. Espero que vayas a ponerle remedio a eso muy pronto –comentó. Entonces, se giró para observar a Charlotte con una amplia sonrisa en los labios–. *Bula.*

–Charlotte –dijo él–, te presento a Kasanita Blackman, nuestra profesora de baile, entre otras asignaturas. Charlotte es una amiga que se va a quedar entre nosotros dos semanas.

–*Bula.* Me alegro de conocerte.

–Bienvenida a Fiji, Charlotte. Espero que te haya gustado nuestra actuación. Llevamos un mes ensayando.

–Ha sido fantástica. Los niños parecían estar divirtiéndose tanto como los espectadores.

–Sí. Estaban muy emocionados –comentó Kasanita–. Mañana no creo que podamos estudiar mucho en el colegio.

Charlotte sonrió.

–Estoy segura de ello.

–¿Por qué no vienes a visitarnos mientras estés aquí? Haz que Nic te lleve cuando él vaya. Eso, por supuesto, asumiendo que te gusten los niños y el ruido.

–Me encantan los niños y el ruido... Creo. Hace muchos años que no estoy en un aula.

–En ese caso, así quedamos. Espero verte pronto, Nic.

–¿Qué te parece mañana?¿Y a ti, Charlotte? –le preguntó mientras se giraba para consultarla–. ¿Te viene bien?

—Me encantaría —respondió ella con una sonrisa.

Estuvieron charlando con Kasanita unos minutos más y luego se despidieron.

—Es encantadora —dijo Charlotte mientras los dos se dirigían a uno de los restaurantes al aire libre—. Su apellido es inglés. ¿Acaso se ha casado con un australiano?

—Su padre es australiano y su madre isleña. Él vino aquí para trabajar. Los dos se conocieron y él ya no se marchó nunca.

Nic la condujo a una mesa iluminada por las velas, alejada del resto de los comensales. Charlotte dedujo que él ya la había reservado con antelación. Estaban justo sobre la arena de la playa, a pocos metros del agua.

Un camarero se acercó a ellos y colocó un par de cócteles de frutas sobre la mesa. Nic pidió un plato de delicias locales para el centro de la mesa y estuvo charlado un rato con el camarero. Parecía conocer a todos los empleados por su nombre.

Cuando por fin se quedaron a solas, los dos brindaron. Charlotte comprobó que el cóctel era una deliciosa mezcla de coco, piña, lima y alcohol. Entonces, Nic se acercó un poco más a ella y le acarició suavemente los nudillos con un dedo.

—Bien, Charlotte. Nos hemos visto desnudos el uno al otro. Creo que ya va siendo hora de que nos conozcamos a otro nivel, ¿no te parece? Pregúntame algo —le sugirió mientras apoyaba los fuertes antebrazos sobre la mesa.

—Está bien. Tengo una pregunta —dijo ella lentamente—. Kasanita dijo que no habías ido al colegio desde hace un tiempo, pero tú me has dicho que vives aquí. ¿Cómo es eso?

—Tengo un apartamento en Adelaida. Divido mi tiempo entre los dos lugares.

—¿Eres de Adelaida?

—No, de Victoria. Me mudé al sur de Australia hace más de diez años. Entonces, ¿podría ser que te viera paseando por el centro comercial Rundle de Adelaida algún día?

—Yo vivo en el valle de Barrosa, pero ese centro comercial es uno de mis lugares favoritos, sí.

—¿No serás por casualidad pariente de Lance Dumont?

Lance Dumont era una de las personas más importantes de la alta sociedad australiana y como un rey dentro de la industria del vino. Dumont era el dueño de la famosa Bodega Three Cockatoos y poseía una verdadera fortuna.

Charlotte asintió y bajó los ojos.

—Sí. Era mi padre.

—Entonces, después de todo sí eres una princesa —comentó él. Entonces, recordó que Lance y su esposa habían muerto en un accidente de aviación hacía algún tiempo. La sonrisa se desvaneció de sus labios—. Diablos, Charlotte, lo siento... No era mi intención despertar recuerdos dolorosos.

—No importa —susurró ella con los ojos cubiertos de lágrimas aunque tratando de impregnar alegría a la voz—. Ya han pasado un par de años. Sin embargo, sigo echándolos de menos. Y a Travers.

—¿Travers? —preguntó él. ¿Sería un novio? ¿Un marido?

—Mi hermano. Perdí a toda mi familia en una sola tarde. Mi mundo se hizo pedazos lo mismo que ese helicóptero. Desde entonces, no he vuelto a ser la misma.

—Eso es muy duro —murmuró él—. ¿Se sabe lo que ocurrió?

—Mi padre tuvo un ataque al corazón cuando estaba

a los mandos del aparato. No sabíamos que tuviera problemas de corazón. Siempre había sido un hombre muy
en forma y lleno de vida.

Por fin les llevaron la cena. Charlotte colocó su servilleta de lino junto a su plato. Los dos cenaron en silencio durante unos instantes mientras disfrutaban de
los sabores de la comida.

—En ese caso, debes de estar muy acostumbrada a la
prensa —dijo Nic mientras elegía una bola de melón re-
cubierta de coco.

—La he evitado siempre que me ha sido posible.

—¿Y por qué te estaba molestando ese periodista en
el aeropuerto?

—Yo...

—Deberías contármelo. Así, si vuelve a ocurrir...

—Si vuelve a ocurrir, tú no estarás a mi lado para rescatarme —le espetó ella con una finalidad que obligó a
Nic a reconocer que ella estaba en lo cierto. Se iba a
marchar dos semanas después. Y él no—. Mi prometido
y yo rompimos hace seis semanas. Él es una figura pública. Ese periodista estaba husmeando en la historia.
Yo creí que si negaba mi identidad, me dejaría en paz.

—¿Estabas enamorada de él? De tu prometido, quiero
decir.

Aquella pregunta sorprendió a Nic. La razón para
hacerla y el nudo que se le hizo alrededor del corazón
como respuesta lo sorprendieron aún más.

Estaba seguro de que ella lo había amado. Estaba
empezando a comprender que a Charlotte le importaban
mucho sus vínculos familiares y personales. Le parecía
que, cuando ella se comprometía con alguien, era para
siempre. Por lo tanto, se imaginó que ella no había roto
el compromiso.

En cualquier caso, ella evitó la pregunta con otra.

—¿Qué me dices de tu familia, Nic?

Él nunca hablaba de su pasado y mucho menos con una mujer. Decidió darle los mínimos detalles

—No tengo hermanos —dijo—. No sé quién es mi padre. Mi madre murió hace doce años. Ya está.

—No. Esa es la versión que le das a cualquiera que te pregunta. Sin embargo, yo no soy cualquiera. Estoy aquí y tengo toda la noche... si quieres hablar.

—No quiero hablar —repuso él. Tomó la mano de Charlotte y entrelazó los dedos con los de ella—. ¿Todavía estás hambrienta?

Ella negó con la cabeza y volvió a meterse la servilleta en el bolso.

—Si lo estaba, acabas de conseguir que se me olvide.

Con cualquier otra mujer, él habría sonreído por la facilidad con la que se había rendido, pero los sentimientos que Charlotte evocaba eran demasiado fuertes para tales trivialidades. Nic se levantó y la obligó a ella a levantarse.

—Lo que de verdad quiero hacer es desnudarte, tumbarte y hacerte olvidar que estuviste prometida alguna vez.

Capítulo 7

TRAS dejar las luces, la música y las risas atrás, Charlotte echó a caminar de la mano con Nic con la urgencia corriéndole por las venas como una catarata después de la lluvia. Se dirigieron hacia la arena suave, las frescas sombras y el susurro eterno del mar. En cuanto llegaron a la playa, ella se quitó las sandalias de una patada, las recogió y comenzó a reír como una loca.

Jamás se había sentido así con un hombre. Flynn había sido su único amante y, con él, nada había sido así.

Nic la miró, pero no le soltó la mano.

—¿Qué te hace tanta gracia?

—Esto —respondió ella mientras agitaba las sandalias en el aire—. Sin embargo, no es por divertido sino por inesperado. Me siento como una persona diferente. No hago más que pensar que me voy a despertar y...

Las risas se interrumpieron cuando ella lo miró. Nic aminoró sus pasos. Tenía la mandíbula apretada y una mirada fiera en los ojos. Una extraña sensación se le había adueñado del corazón.

—¿Qué?

Él no respondió. Se limitó a seguir caminando por la carretera. En el instante en el que quedaron ocultos a la mirada pública, se detuvo y la abrazó con fuerza.

—Charlotte, lo que me haces desear hacerte... —musitó. Le enredó los dedos en el cabello y apretó la boca contra la de ella con un gesto desesperado.

Charlotte saboreó labios y lengua. Nic se apretó contra ella. Ya no era el hombre elegante y encantador que dejaba que una mujer tomara la iniciativa. Era el animal peligroso sobre el que ella se había advertido.

–Fuiste hecha para la noche, Charlotte. Ese aire de misterio que tienes me hace querer descubrir tus secretos más profundos. ¿Sigues queriendo estar sola?

–Preferiría estar contigo –dijo ella tomándolo de nuevo de la mano.

–Vamos...

Nic la animó a seguir andando. Siguieron la curva de la playa en silencio, dejando que las estrellas los guiaran. No era necesario hablar. Los dos sabían adónde se dirigían.

La casa de Nic apareció en la distancia bloqueando así una parte del cielo nocturno. Sin embargo, en vez de dirigirla hacia ella, Nic la hizo seguir caminando por la playa, hasta un lugar en el que la arena era muy suave y la vegetación existente proporcionaba resguardo.

–Aquí –dijo–. Nadie nos encontrará...

–¿Estás seguro?

–Por supuesto que lo estoy. Estos arbustos proporcionan un parapeto adecuado.

Nic dudó un instante antes de desatarle el nudo del pareo. La sedosa tela cayó al suelo, dejando a Charlotte desnuda a excepción de un par de braguitas negras de encaje entrelazado con cintas rojas... un par de lazos rojos que le cubrían los pezones.

–Madre mía... ¡Cómo eres, Charlotte! –exclamó. La apreciación le oscureció la mirada, chocolate fundido que le recorría el cuerpo–. Vaya...

Tocó suavemente los lacitos y se los quitó con cuidado, dejando al descubierto los erectos pezones bajo el aire de la noche.

–Están pensados para momentos como este –replicó ella.

Le tomó las manos y se las colocó en las caderas, donde las costuras laterales de la prenda íntima estaban sujetas con lacitos idénticos.

–Eres una chica muy lista –susurró mientras tiraba suavemente de los lazos y veía cómo las braguitas se abrían–. Y un poco pícara..

Charlotte sabía que lo había sorprendido. Estaba segura de que Nic se había hecho una imagen de ella que no se correspondía con la real y se regocijó con ello mientras le desabrochaba la camisa rápidamente y luego se centraba en los botones de la bragueta de los vaqueros.

–No soy lo que esperabas, ¿verdad? –musitó deslizando los dedos entre la cinturilla y el firme abdomen–. Tampoco soy lo que yo esperaba, al menos contigo. Tú me conviertes en una persona a la que apenas conozco.

Las manos de Nic también estaban muy ocupadas. Un gemido se escapó de los labios de Charlotte cuando él le acarició los pezones con los dedos y le provocó una descarga eléctrica que le recorrió todo el abdomen.

–Creo que el pícaro eres tú, Dominic Russo...

–Y yo creo que hablas demasiado...

La obligó a guardar silencio con un largo y embriagador beso que caldeó inmediatamente la sangre de Charlotte y los dejó a ambos sin habla.

Charlotte no podía aguantar más. En cualquier momento, sus rodillas cederían. Decidió dejar de tratar de desnudarlo y se limitó a agarrarle la camisa abierta.

–Date prisa.

Nic sonrió con la seguridad de un hombre que conocía su propio poder sexual.

–Tendrás que soltarme la camisa.

Charlotte la soltó para que él pudiera quitársela. Entonces, Nic se sacó un preservativo del bolsillo y se bajó los pantalones por las poderosas piernas y se los quitó. Cuando los dos estuvieron desnudos, bañados por la suave luz de la noche, Nic tomó el pareo de Charlotte y lo extendió por la arena. Entonces, se tumbó con ella encima.

Tenía una potente erección y se hundió en ella en cuestión se segundos. Manos y boca se mostraban avariciosos y la devoraban incesantemente. Justo lo que ella necesitaba. Rápido, frenético y apasionado.

Delicia en estado puro, placer inimaginable. Las dos sensaciones se apoderaron de ella como una tormenta azota la tierra, llevándola a lo más alto y dejándola saciada y feliz, sin respiración y presa de un glorioso delirio.

Sin tiempo para que se recuperara, Nic la volvió a poseer, dándole un clímax más potente aún que el anterior y transportándola a un lugar en el que la cordura se esfumara para que reinara la pasión.

Cuando por fin quedaron saciados, los dos permanecieron abrazados, besándose más pausadamente.

—Tú tampoco eres lo que yo había esperado —murmuró unos instantes más tarde.

—¿Y qué esperabas?

—Esto no —respondió ella acurrucándose junto a él y dejando que él la tapara con el pareo—. No esperaba esto. Nosotros.

En el momento en el que pronunció aquella última palabra, supo que había cometido un error.

—Nosotros —repitió él, cuidadosamente—. Yo no busco un nosotros, nena. No soy esa clase de hombre. Eso deberías saberlo de antemano.

Nic fue sincero hasta el punto de resultar hosco, pero

al menos se mostró sincero. Charlotte sabía exactamente qué terreno pisaba. Así no podría haber nunca desilusiones. Sin embargo, le había dado la sensación de ser la clase de mujer que se hacía ilusiones. Grave error.

—Me refería a lo de estar juntos de nuevo —trató de explicar—. Después de todo, se suponía que solo iba a ser una noche. No te hagas la idea equivocada.

Sin embargo, Nic se había hecho la idea equivocada porque no sonrió. Permaneció muy quieto mirando el cielo.

Él le había dejado más que claro que no buscaba nada duradero. Ella tampoco quería otra cosa. No podía. Todavía no. Tal vez nunca, porque, de repente, no quería imaginarse de ese modo con un hombre que no fuera Nic.

Un pensamiento muy destructivo.

Dejó caer la cabeza al lado de la de él y miró hacia el cielo.

—De todos modos, me voy a marchar pronto, por lo que lo nuestro es algo temporal. Si tú sigues...

—Dos semanas. Mi horario es flexible y tú estás de vacaciones. Podríamos pasar ese tiempo juntos, si quieres —comentó sin dejar de mirar las estrellas—. ¿Qué te parece?

—¿Un romance de vacaciones?

¿Podría hacerlo? ¿Podría implicarse sentimentalmente con un hombre sabiendo que la historia tenía punto final? Jamás había tenido una aventura...

—¿Por qué no? —le preguntó él—. Este es un lugar perfecto para un romance. Un hombre que quiere agradarte cuando tú quieras que te agraden y que te dejará en paz cuando quieras espacio. Te vendrá bien.

—¿Tú crees?

–Nos vendrá bien a los dos. Yo seré tu guía aquí, derecho a roce. Tú serás mi musa.

–Guía con derecho a roce... ¿Te suena eso romántico a ti? –le preguntó ella mirándolo.

Nic giró la cabeza para mirarla y sonrió. Todas las estrellas del cielo parecieron reflejársele en los ojos.

–Confía en mí. Yo puedo hacer que lo sea.

Charlotte estaba segura de ello. El problema era si ella podría permitirse el romanticismo y salir indemne.

Después de haber acompañado a Charlotte a su suite y de haber quedado con ella para pasar a recogerla al día siguiente por la mañana para ir a visitar el colegio, Nic se sentía inquieto, tanto que tuvo que salir al balcón de su casa con una lata de cerveza en la mano. La abrió y se bebió la mitad de su contenido mientras observaba las luces de un barco en el horizonte.

Nosotros. Cuando Charlotte pronunció esa palabra, Nic había sentido una profunda sensación de claustrofobia. Aquella palabra sugería compromiso a largo plazo.

Para Nic Russo no. Él creía en la sinceridad. No había falsas expectativas. Al menos, era sincero y Charlotte había dicho que le admiraba por ello.

Un par de semanas. Romántico no tenía por qué significar complicado. Sabía lo que le gustaba a las mujeres y para él era cuestión de orgullo no dejar nunca a una amante insatisfecha. Ellas siempre comprendían las reglas y se mostraban encantadas de jugar el juego a su manera.

Por supuesto, había algunas que no se habían dejado guiar por las reglas, las que habían tratado de conseguir más con cenas caseras, regalos y, algunas veces, lágrimas de desesperación. Nic era inmune a esos trucos.

Sin embargo, Charlotte no se parecía a ninguna otra amante. Era divertida, ingeniosa y sensual, pero también mucho más. Más que la mujer tan sexual que ella le había permitido ver. Nic había querido ver una timidez inherente y una inseguridad que se esforzaba mucho por ocultar. Acababa de salir de una relación seria, lo que le hacía ser más vulnerable para un hombre que no quería ataduras como él.

Ella había tratado de conseguir que Nic hablara de su pasado. Había querido compartir. Comprender. Durante un instante, Nic se había sentido tentado...

Sin embargo, estaba por medio el espinoso asunto de la confianza. La brillante, hermosa y malvada Angelica le había enseñado que las personas no eran siempre lo que parecían. Solo porque Charlotte y él tenían una conexión más profunda de lo habitual no significaba que él quisiera reservar la capilla de bodas del resort. Un par de semanas sería suficiente descanso antes de volver a lo que Nic mejor hacía. Trabajar.

Se estiró en el sofá de mimbre y respiró el aire de la noche. Se concentró en el tranquilizador sonido del mar y en la agradable sensación de la brisa de la noche sobre la piel.

Tal vez ella aún no estaría dormida. Tal vez se había tumbado en aquella cama tan grande, con el collar de perlas alrededor de la garganta, reviviendo la pasión que habían compartido. ¿Se tocaría recordando cómo él la había tocado...?

Aquella noche, Nic tardó mucho tiempo en conciliar el sueño.

Capítulo 8

A LA MAÑANA siguiente, Charlotte inspeccionó su armario. Aquel día no quería pasar desapercibida. Quería vestirse del modo en el que se sentía, alegre y feliz. Quería encajar con la cultura de la isla.

Quería que Nic se fijara en ella.

Una hora antes de reunirse con él, se dirigió a la zona comercial del resort. Eligió media doce de libros infantiles y de cajas de pinturas para la clase de Kasanita. Entonces, empezó a probarse ropa. Se decantó por fin por un vestido de estampado tropical en color lima y rosa fuerte.

Regresó a su suite y, tras mirarse en el espejo, decidió que aquel no era su estilo. Sin embargo, le gustaba ser diferente. Allí en Fiji no tenía que preocuparse porque la reconocieran. Allí no era la hija de un hombre importante ni la prometida de un político. Podía ser ella misma

Se dirigía hacia la recepción del resort para reunirse con Nic cuando lo vio hablando con un par de empleadas del hotel desde la distancia. Iba vestido con unos pantalones cortos de color caqui, una camiseta blanca y llevaba el cabello ligeramente desaliñado. Su sonrisa resultaba arrebatadora, incluso desde aquella distancia.

En aquel momento, el corazón de Charlotte pareció desprenderse de su cuerpo y empezar un viaje propio.

No. Se frotó el pecho con la mano y trató de aliviar aquella sensación. Esperó un tiempo para recuperarse.

Ella no era experta en los hombres. Aparte de los compañeros de trabajo y de un par de novios adolescentes, su experiencia se limitaba a su padre y su hermano, que la habían querido mucho, y a su ex, que no la había querido tanto. Enamorarse de Nic no era una opción. Aquello era un romance de vacaciones. Nada más.

Prosiguió hasta la recepción del complejo, tomándose su tiempo al andar para conseguir que su pulso volviera a la normalidad.

Cuando llegó al lugar de reunión, Nic ya la estaba esperando. La observaba atentamente mientras ella se acercaba. Charlotte se sintió tan admirada como la noche anterior.

–*Bula,* Charlotte –dijo él mirándola de arriba abajo–. Hoy tienes un aspecto alegre y radiante.

–Gracias. Así es precisamente como me siento.

Mientras conducían hacia el interior de la isla en el lujoso coche de Nic, Charlotte le preguntó sobre el sistema de educación.

–Aquí, particularmente en las zonas rurales, carecen del dinero para material que los colegios de Australia dan por sentado.

–Háblame de este colegio que vamos a visitar.

–Acuden a él niños desde los cinco a los doce años, con dos clases, dos profesores y sesenta niños. Kasanita da clase a los niños hasta la edad de ocho años.

–Entonces, ¿cómo se pueden permitir ordenadores?

–No pueden.

–Ah, entiendo. Tú se los has donado.

–Es una buena causa –dijo él mientras se encogía de hombros.

–¿Y con cuánta frecuencia vienes a visitarlo?

–Cuando estoy aquí. Trato de que sea cada dos semanas. Es importante empezar desde edades tempranas, por lo que paso la mayor parte del tiempo con la clase de Kas.

–¿Cómo conociste a Kas?

–Su padre es el dueño de un negocio de yates que organiza excursiones a algunas de las islas. Ahora, basta de hablar de mí –comentó–. Supongo que te dedicas al diseño de moda.

–No. Eso es solo un hobby.

–Un hobby. Entonces, ¿a qué te dedicas?

–Trabajaba en las oficinas de la bodega.

–¿Ya no?

–La vendí hace tres semanas, por lo que, en estos momentos, estoy sin trabajo. Mi ex y yo íbamos a abrir un negocio de vinos y quesos hasta que él cambió de opinión y decidió centrarse en la política. Ahora.. Bueno, decidí que yo sola no podía continuar.

–Pues en mi opinión podrías convertir tus diseños en un negocio si quisieras. Son únicos...

–No –replicó ella–. Ya me surgirá algo.

La escuela formaba parte de un pequeño pueblo. Se trataba de un edificio pintado de azul, tejado marrón y un amplio porche. El patio era un simple descampado, sin equipamiento alguno. Sin embargo, no porque fuera básico carecía de vitalidad. En el momento en el que ellos se detuvieron frente a la puerta, los niños salieron al exterior acompañados de Kas. De repente, el coche se vio rodeado de rostros infantiles.

–*Bula*! *Bula*! –exclamaban los pequeños mientras golpeaban los cristales con las manos, sonriendo alegremente.

Cuando Nic y Charlotte descendieron del coche, Kasanita se acercó para darles la bienvenida.

–*Bula,* Charlotte. Nic...

Después de que los pequeños les obsequiaran con guirnaldas de flores de papel que los niños habían hecho con sus propias manos, los dos entraron en la clase. Los trabajos de los niños compensaban la falta de decoración del aula. La única excepción la constituían los seis ordenadores que ocupaban una de las paredes.

Kas les ofreció leche de coco y luego hizo callar a los niños con su guitarra. Charlotte y Nick se sentaron entre los niños y cantaron con ellos. Después, los niños mostraron a sus visitantes todo lo que habían aprendido e incluso repitieron la danza de la noche anterior.

Durante la visita, Charlotte pudo conocer un poco más a Nic. Interactuaba con los niños con naturalidad y sabía bien cómo ponerse a su nivel, tanto si era para explicarles cómo se utilizaba un ordenador o para jugar con ellos.

–¿Te apetece pescado fresco a la plancha para almorzar? –le preguntó Nic cuando se marcharon de la escuela e iban una vez más camino de la costa–. Conozco un pequeño restaurante...

–Sí, por favor. Me muero de hambre.

–¿Te lo has pasado bien?

–Me ha encantado. Gracias por invitarme. He visto que al patio le vendría bien algo de equipamiento e incluso un poco de sombra. Me gustaría ayudar.

–¿Qué quieres decir?

–Con fondos –afirmó Charlotte–. Si hay algo que sé hacer muy bien es cómo recaudar dinero.

Nic la miró durante un instantes con ojos inescrutables.

–No eres lo que esperaba, Charlotte Dumont.

–¿Y eso, Nic? –replicó ella algo tensa–. ¿Acaso crees que porque nací en una familia privilegiada no veo lo que ocurre a mi alrededor? ¿Que no me importa? Tú eres un hombre que se ha hecho a sí mismo. ¿Lo que ocurrió en tu pasado te hace pensar que yo soy menos porque mi riqueza me vino dada?

Nic negó con la cabeza. Evidentemente, no tenía deseo alguno de hablar sobre el pasado.

–Te lo estás tomando demasiado en serio, Charlotte. No creo en eso en absoluto.

–Tal vez un desfile de moda –dijo ella unos instantes más tarde–. Mi mejor amiga tiene un negocio de vestidos de novia. O yo podría presentar mi propia lencería –bromeó para aclarar la tensión que había surgido entre ellos.

Nic sonrió. Agarró con fuerza el volante al pensar en las mil y una imágenes que se le empezaron a ocurrir.

–Pues cuenta conmigo.

–Era una broma, Nic. Como si eso fuera a ocurrir –musitó.

–¿Por qué no?

–Olvídalo –contestó muy seria.

–Eso ya no puede ser. Tengo la imagen en la cabeza –dijo él mientras se apartaba de la carretera principal–. Por eso, insisto en que esta tarde me hagas un desfile con algunas de tus creaciones. Un desfile privado.

–No es propio de mí exhibirme para una sala llena de gente.

–Yo no soy una sala llena de gente –afirmó él mientras la miraba brevemente antes de centrarse de nuevo en la carretera.

–Ni siquiera estoy segura de poder hacerlo para ti.

–Claro que puedes. ¿Te acuerdas de Melbourne? –le preguntó. Él sí. La entrepierna se le tensó al recordarlo–. Puedes dejarte llevar perfectamente cuando quieres.

–Tal vez tenga miedo de hacerlo –susurró ella mientras Nic detenía el coche frente al pequeño restaurante en el que iban a almorzar–. Tal ve tenga miedo de esta nueva persona en la que me he convertido.

–Pues no tiene por qué ser así –replicó él. Apagó el motor y se volvió para mirarla. Extendió las manos para quitarle las gafas y poder admirarle los hermosos ojos grises–. Me gusta esta persona. Me gusta mucho.

–Tal vez también me dé miedo de eso.

–No pasa nada, nena –dijo él. Las palabras de Charlotte habían reflejado sus propios pensamientos–. No tienes que cambiar –añadió mientras le acariciaba suavemente el cabello con los dedos–. Sin embargo, explora otro lado de tu personalidad y podrías descubrir que te gusta lo que encuentras. Tal vez te ayude a enfrentarte a la vida de un modo diferente cuando regreses a tu casa.

Charlotte asintió lentamente.

–Tal vez... Vaya, he dicho muchas veces tal vez –añadió. Respiró profundamente y captó el delicioso aroma que salía del restaurante–. Me muero de hambre.

Todo resultó perfecto. La comida, la cálida temperatura, la compañía... Comieron tranquilamente y luego Charlotte se excusó para ir al cuarto de baño mientras Nic se ocupaba de pagar la factura. Él estuvo un rato charlando con el dueño del restaurante y, de repente, vio a Charlotte en la playa, recogiendo las caracolas que el mar había dejado sobre la arena.

Se dirigió hacia ella, admirando el modo en el que se movía. Entonces, se dio cuenta de que un hombre se dirigía hacia ella.

Maldita sea. Nic apretó el paso y vio cómo Charlotte se detenía e intercambiaba unas palabras con el periodista. ¿Qué si no podía ser con aquella cámara colgada del cuello? Estaba demasiado lejos para saber lo que estaban hablando.

El reportero pareció percatarse de la presencia de Nic por lo que comenzó a retirarse hacia el aparcamiento. Nic cambió de dirección.

–¡Eh, tú! –le espetó. Se detuvo en seco delante de él y lo miró con desaprobación–. Si te vuelvo a ver cerca de ella, te demandaré por acoso. De hecho, puede que te demande de todos modos solo por darme el gusto.

–¡Eh, tío! ¿Cuál es tu problema? –replicó el reportero–. La señorita Dumont es una figura pública... *señor Russo* –añadió con retintín–. A mí jamás se me olvida una cara.

–Lo mismo digo, colega. Ella está de viaje privado por lo que si no la dejas en paz tendrás que vértelas conmigo.

–¿Privado, eh?

–Así es. Piérdete.

–¿Como esa novia que tuviste algunos años? ¿Cómo se llamaba? –preguntó con una desagradable sonrisa en los labios–. Te aseguro que no es bueno estar a malas con la prensa, *señor Russo* –repitió con la misma entonación de antes.

Con eso, se dio la vuelta y se marchó.

Nic esperó hasta que el periodista se hubo montado en su coche y se hubo marchado antes de volver a centrar su atención en Charlotte. Ella no se había movido y lo estaba observando con una expresión seria en el rostro.

–¿Te encuentras bien? –le preguntó Nic cuando ella se le acercó.

–Bien. Era inofensivo, Nic –dijo encogiéndose de hombros–. Parece que, después de todo, no me puedo deshacer de la prensa.

–¿Qué te ha preguntado? ¿Qué le has dicho?

–Que estaba disfrutando mucho en Fiji. Te lo agradezco mucho, pero no tienes que pelear mis batallas. Estoy bien.

Sin saber de dónde salió aquel sentimiento, Nic sintió una imparable, y peligrosa, sensación de posesión hacia ella.

—Vamos, nena —dijo, tratando de deshacerse de aquella desquiciante sensación. Le agarró la mano y comenzó a andar de nuevo hacia el coche.

—Espera un momento —le ordenó ella—. ¿Qué prisa tenemos? Ese hombre se ha ido. Tú te has encargado de ello.

—Me prometiste desfilar para mí. Quiero asegurarme de que no cambias de opinión.

—Yo jamás te dije que...

Nic se giró y la miró con una sonrisa en los labios.

—Y, a cambio, te prometo que lo disfrutarás tanto como yo.

—Oh... —susurró ella sonriendo también—. En ese caso, ¿a qué estamos esperando?

Los dos echaron a correr hacia el coche.

—¿Con qué empiezo? —preguntó ella cuando cerraron la puerta de la suite de Charlotte.

—Sorpréndeme —contestó él mientras arrojaba las gafas sobre la cama.

—No sé lo que te gusta...

—Te garantizo que me gustará todo lo que quieras enseñarme —prometió él. Abrió la puerta del frigorífico y sacó una botella de agua. Vertió la mitad en un vaso para Charlotte y lo dejó en la estantería—. Cualquier color que no sea beige.

—No tengo ropa interior beige.

–Gracias a Dios –replicó antes de dar un trago de la botella.

–Pero tengo color carne.

–Pues ese tampoco. El único color carne que quiero ver es el de tu piel. Tú deberías llevar colores.

–Está bien. Empezaré con lo que llevo puesto ahora.

Nic no la miró. Se dirigió hacia la puerta que conducía al balcón y la abrió.

–Cuando estés lista, sal aquí fuera.

El aire tropical entró por la abertura. El bungalow estaba situado en lo alto de la colina, muy aislado. El balcón era completamente privado y tenía vistas al mar. Nic se desnudó y dejó la ropa cerca de él, a un lado de la piscina. Entonces, se metió en el agua y se apoyó contra un lateral, dejando que los brazos descansaran en el borde. Necesitaba que el agua le refrescara la piel y le diera algo de contención.

Charlotte no tardó en aparecer en la puerta, como si fuera una fantasía hecha realidad. Nic comprendió que aquel desfile iba a ser una tortura para él, una tortura que, desgraciadamente, él había sugerido.

Contuvo el aliento al ver cómo los senos se le adivinaban a través de una camisola rosa chicle y verde agua. Un oscuro pezón se le vislumbraba a través de la abertura que existía en el lugar en el que el rosa se unía al verde. Las braguitas se sujetaban a la espalda por medio de un cordón azul.

–¿Y llevabas eso puesto mientras estábamos en una clase llena de niños?

–Bueno... Supongo que tuve suerte de que no tocara clase de gimnasia cuando estábamos allí, ¿verdad?

Nic tragó saliva.

–Me alegro de no haberlo sabido. Entonces, ¿esto es lo que te sueles poner a diario?

–Sí –susurró ella mientras se deslizaba los dedos por la cinturilla de las braguitas–. Estas son nuevas. Desde que he vuelto a ser soltera, he estado trabajando en una nueva línea. Es muy divertido.

–Estoy seguro de que lo es. Ven aquí...

Ella levantó un dedo con gesto burlón.

–Todavía no. Recuerda que esto ha sido idea tuya.

–Esta bien...

Nic pensó que podría aguantar unos momentos más. Ella volvió a desaparecer inmediatamente.

Menos de un minuto después, Charlotte volvió a aparecer con un conjunto blanco y negro. Un minúsculo tanga de encaje blanco. El hilo de perlas negras que llevaba en la espalda desaparecía entre firmes y redondas nalgas.

Nic babeaba al ver cómo ella rodeaba la piscina para mantenerse fuera de su alcance.

–Eres una chica muy mala...

Charlotte se echó a reír. Se colocó las manos en la espalda, lo que tuvo el seductor efecto de levantarle aún más los senos. Los pezones se irguieron contra el encaje negro, duros como balas.

–Y lo mejor de todo es que no lo sabe nadie...

–Yo sí.

–En ese caso, tal vez tenga que matarte –susurró ella. Se agachó y metió una mano en el agua–. Sin embargo, antes de que lo haga, creo que te gustará mi aspecto húmedo. Negro brillante...

–Ven aquí.

–O mi mariposa de loto...

La frustración le dio a Nic una sorprendente agilidad. Se echó hacia delante y le agarró un tobillo.

–Más tarde –le dijo mientras iba subiendo la mano.

–Pero si acabo de empezar –se quejó ella–. Y no he hecho esto nunca antes. Dame el gusto...

Nic levantó la mirada, más allá de encaje, curvas y piel desnuda. Los ojos tenían un brillo parecido al del agua bajo el sol. Charlotte sabía exactamente lo que le estaba haciendo.

–Claro que te lo voy a dar –le prometió. Cada célula de su piel estaba ardiendo–. Al agua. Ahora mismo.

–Bueno, si insistes... Sin embargo, primero necesitamos... –dijo ella mientras agarraba los pantalones de Nic y buscaba en los bolsillos para sacar lo que buscaba–... uno de estos...

Con el preservativo entre los dientes, se deslizó dentro del agua junto a Nic, centímetro a centímetro, lentamente, dejando que la textura del encaje arañara el pecho de él. Le enredó las piernas alrededor de la cintura con fuerza, haciendo que saltaran chispas entre ellos.

Fuego y hielo. El agua fría rodeaba la ardiente piel. Nic deslizó la mano por la espalda hasta llegar a las perlas que tenía en el trasero. Entonces, hizo que se diera la vuelta y, gruñendo de placer, le mordió un hombro mientras le bajaba la delicada prenda por los muslos y la dejaba caer a suelo.

Charlotte sabía a playa, a sol y a libertad.

–Eres muy hermosa –susurró mientras le desabrochaba el sujetador y se llenaba las manos con los senos–. Refrescante y hermosa.

Charlotte se apoyó contra él y dejó que las piernas flotaran sobre la superficie, delante de ella.

–Tú tampoco estás mal...

Fue un momento extraño, en el que se contraponía lo que su cuerpo ansiaba y lo que la mente sentía. Lo que deseaba no era tan solo una intimidad física. Quería más y quería decírselo. Cómo le volvía loco en muchos sentidos. El hecho de que nunca hubiera encontrado a nadie como ella. Afortunadamente, fue ella la que rompió la calma con un fluido movimiento.

Cuando Charlotte se dio la vuelta para mirarlo, Nic vio los mismos sentimientos en los ojos de ella antes de que los borrara con una resplandeciente sonrisa.

—Ya basta —rio ella—. El resto te lo vas a tener que trabajar tú.

Se zafó de él y se zambulló bajo el agua, nadando como si fuera una sirena hasta el lado opuesto de la piscina. Entonces, se zambulló más profundamente y permitió que solo las piernas reaparecieran por encima del agua. Pantorrillas perfectas. Pies arqueados. Dedos como los de una bailarina de ballet. Cuando reapareció sobre la superficie del agua, le mostró el paquete del preservativo.

—¡Eh! Se suponía que tenías que venir detrás de mí.

—¿Dónde has aprendido a nadar así?

—Di clases de natación sincronizada en el colegio durante un par de años.

—¿Y forma parte de tus logros tocar algún instrumento?

—Sí. El piano.

Nic asintió. Por supuesto. Ella habría ido a un colegio exclusivo y privado. Habría dado por sentado todas aquellas actividades extracurriculares. Un colegio en el que se impartía la mejor educación para una princesa como ella.

Pensó en el colegio al que él había asistido en uno de los peores barrios de Melbourne. Un edificio en mal estado. Un patio abandonado, en el que los aburridos niños centraban su atención en otras actividades, como la de hacer que la vida de los más pequeños fuera un infierno.

Charlotte lo miró fijamente. La sonrisa se le borró del rostro.

—¿Ocurre algo?

Nic sacudió la cabeza y sonrió.

—Lo que ocurre es que estás demasiado lejos —dijo. Entonces, se sumergió por debajo del agua para nadar hasta ella.

Capítulo 9

CHARLOTTE sintió un escalofrío por la piel cuando Nic se acercó a ella. Su fuerte y musculado torso resultaba tan imponente que ella, instintivamente, se alejó de él y se golpeó contra el borde de la piscina.

Él salió a la superficie justo delante de ella, dejando que el agua le cayera sobre el rostro y el cabello.

—Ya te tengo —murmuró él mientras le quitaba el preservativo de las manos y colocaba los brazos a ambos lados de ella, atrapándola contra el borde.

Justo donde ella quería estar. Charlotte sintió que el aliento se le prendía en la garganta. El corazón le latía a toda velocidad. Los ojos de Nic habían perdido la expresión sombría que ella había visto en ellos tan solo hacía unos segundos, pero esa expresión se había visto reemplazada por otra que era igual de potente. El deseo.

Sin dejar de mirarla, abrió el preservativo y se lo puso.

Las bromas, los juegos previos desaparecieron para dejar paso a algo más profundo. Misterioso y embriagador. Mientras se observaban, una intimidad muda los rodeó como si fuera el pesado aroma de las flores tropicales que había en el balcón.

Charlotte podía escuchar los sonidos de los niños chapoteando en la piscina del hotel, a poca distancia de allí. Las ramas de las palmeras agitándose por el viento. La respiración de Nic. La suya propia. Se estaba enamorando de él de un modo en el que jamás se había enamorado de nadie más.

Nic no se parecía en nada a nadie que ella hubiera conocido nunca. Además, no era la clase de hombre del que se debería estar enamorando. Ella necesitaba estabilidad. Alguien que estuviera a su lado durante toda la vida. Sin embargo, le resultaba imposible resistirse a él.

–Nic... –susurró al notar que él comenzaba a acariciarle los senos.

–Calla...

Después de lo que había ocurrido minutos antes, esperaba que él la poseyera rápidamente, con furia. Sin embargo, Nic se lo tomó con calma, casi con pereza. La larga caricia de los labios sobre el pezón. El roce de los muslos contra los suyos. El suave movimiento del agua cuando él, por fin, la penetró lentamente.

Charlotte gimió de placer y le deslizó las manos sobre la espalda, sobre los hombros, gozando con la firmeza de su cuerpo. Aquellos movimientos a cámara lenta resultaban deliciosos.

Nic se retiró un poco y levantó la cabeza para mirarla. Entonces, se hundió en ella profunda, lentamente, llenándola por completo. Llenándola de gozo.

Charlotte lo observó a través de pesados párpados. El sol de la tarde bailaba entre las hojas y le acariciaba la piel morena. Las larguísimas pestañas negras le enmarcaban los ojos. Unos ojos color ámbar rodeaban los negros iris. Una vez más, ella era la presa. No podía escapar de él. Tanto la atraía dentro de su ser que a Charlotte le parecía que ya no existía fuera del cuerpo de Nic. Los lugares oscuros y profundos de su alma brillaban y rebosaban con el sentimiento que, según Char-

lotte estaba empezando a comprender, tan solo Nic podía inspirar en ella.

Los días pasaron demasiado rápidamente. Nic llevó
a Charlotte a dar un paseo en yate a una isla cercana, en
la que disfrutaron del marisco y del champán a bordo
de la embarcación. Después, estuvieron buceando en las
maravillosas aguas para luego descansar sobre la do-
rada playa. Ella sintió en un par de ocasiones la presencia de los paparazzi, pero no se acercaron por lo que
ella no dejó que eso la molestara.

Asistieron a la tradicional ceremonia del *lovo* y *kava*.
Un cerdo entero, envuelto en hojas de palma y rodeado
de frutas diversas, se cocinó en un horno de barro lleno de
rocas volcánicas. Disfrutaron de las puestas de sol juntos. Nic conseguía que todas las ocasiones fueran únicas, tanto si estaban tomando un cóctel en uno de los
restaurantes del complejo, haciendo el amor en la playa
privada junto a su casa, disfrutando de una barbacoa o
a bordo de un barco.

Charlotte descubrió cosas nuevas sobre él. Le encantaba que le frotaran las orejas y tenía una cicatriz sobre
la cadera izquierda causada por un accidente de surf.

Él le enviaba flores todos los días y le hacía el amor
como si ella fuera la única mujer del mundo, tierna y
apasionadamente. Sin embargo, jamás dormía con ella.
Todas las noches, regresaba a su casa de la colina. Charlotte creía que aquella era su manera de mantener la distancia que necesitaba.

Él le había sido sincero desde el principio. Un guía
turístico con derecho a roce. Eso no le daba a ella derecho alguno de construir un futuro de fantasía a su alre-

dedor. Sin embargo, eso no le impedía permanecer despierta toda la noche imaginándoselo.

Después de todo, Charlotte no era una buena musa. Nic se reclinó en su butaca mirando las pantallas del ordenador. Era de madrugada ya y nada de lo que había intentado funcionaba. Cada vez que creía que sabía qué dirección estaba tomando el juego, se encontraba con un callejón sin salida. Charlotte, o mejor dicho Reena, la heroína de su nuevo juego, bloqueaba los movimientos de Onyx One. Miraba a Onyx con sus hipnóticos ojos y lo desequilibraba. Eran los mismos ojos de Charlotte.

«Ridículo». Simplemente tenía que resolver aquella situación. Solo porque su héroe se negara a cooperar y porque el argumento no estuviera saliendo del modo que debía, no significaba que Charlotte tuviera algo que ver al respecto.

¿O acaso sí lo tenía?

Hizo girar la silla y miró hacia la ventana. Tal vez debería hacer que Reena fuera rubia. O una ardiente pelirroja. Sin embargo, ¿por qué tenía que permitir que su obsesión con una mujer dictara su trabajo, que era lo más importante de su vida?

Su creatividad parecía haberse secado misteriosamente. Se mesó el cabello con una mano y contempló las pantallas. Su manera de actuar con las mujeres había sido la misma desde hacía años. Disfrutar la diversión, pero no permitir jamás que se acercaran demasiado. No permitirse jamás olvidar a Angelica y la lección que ella le había enseñado. El trabajo era su vida. No necesitaba a nadie ni a nada.

Sin embargo, por primera vez en su vida, su mundo

cibernético no estaba funcionando. Quería pasar junto a Charlotte lo que le quedara a ella de sus vacaciones. Preferiblemente en la cama.

Se aseguró que, como todo lo que acaba bien, su adiós final debería ser muy satisfactorio. Así, él podría dejar atrás lo que habían compartido y seguir con lo que más le importaba en la vida.

¿Y qué diablos era lo que importaba tanto de su previsible vida que tanto le gustaba? Cerró el ordenador con una maldición y se levantó para asomarse por la ventana y contemplar los bungalows.

No era tan solo la sensualidad de Charlotte lo que le hacía pensar en ella una y otra vez. Bajo aquella apariencia de diosa de sangre caliente, tenía una vulnerabilidad que lo atraía profundamente y le hacía querer protegerla mientras que, al mismo tiempo, quería hacerla salir del refugio en el que ella se escondía.

Con Charlotte, tenía empatía. Ella tenía un magnífico sentido del humor, una manera de ser que lo atraía profundamente. Charlotte le había hecho darse cuenta de que no todas las mujeres eran como Angelica, que trataban de hacerse con lo que pudieran. Había descubierto una mujer con la que no solo disfrutaba física y socialmente, sino una en la que podía confiar lo suficiente como para permitirle ver su mundo. Aquella noche era la última oportunidad que tenía para invitarla a su casa.

A la mañana siguiente, en vez del habitual ramo de flores, llegó una única orquídea en un jarrón, acompañada de un sobre.

Se quedó paralizada. Flynn le había enviado una única rosa blanca la mañana después de que él terminara con su compromiso. Iba acompañada por un sobre que en su interior llevaba una tarjeta que decía: *Gracias por los recuerdos.*

Las manos le sudaban tanto que creyó que iba a dejar caer el jarrón. Lo llevó a la mesa que tenía en el balcón y se sentó. Lo estuvo observando durante un largo rato mientras sentía como si una mano gigante le estuviera apretando el corazón. Fuera lo que fuera lo que decía el mensaje, aquello servía para recordarle que sus vacaciones estaban a punto de terminar y, con ellas, su romance con Nic.

Seguía aún mirando el jarrón cuando alguien llamó a la puerta. Por el modo de llamar, supo que era Nic. Se preparó para lo peor y se levantó para ir a abrir.

Él tenía un aspecto tan fresco como la orquídea que acababa de llegar.

—Hola —le dijo ella tratando de que su estado de ánimo no se reflejara en la voz—. Entra. Ya estoy casi lista.

Nic esperó a que ella hubiera cerrado la puerta para besarla apasionadamente. Charlotte se aferró a él durante un instante antes de recordarse que, al cabo de veinticuatro horas, se habría marchado de allí.

Se apartó de él y se dirigió hacia el balcón.

—Gracias por la orquídea. Es muy bonita.

—Cuando la vi en el jardín pensé en ti.

—¿Cultivas orquídeas en tu jardín? —le preguntó ella dándose la vuelta—. No pareces un hombre al que le preocupe la jardinería.

—Malakai se ocupa de la mayor parte del trabajo. ¿Quieres subir a ver mi colección?

—¿No te referirás más bien a la colección de Malakai? —replicó ella con una sonrisa.

—De quien sea, con tal de que vengas.

—¿A tu casa? —le preguntó ella muy sorprendida.

–Veo que aún no has leído la nota...

–No he tenido tiempo –mintió. Entonces, tomó el sobre y lo abrió–. En realidad, estaba pensando en no ir al mercado hoy. Necesito tiempo para... para hacer la maleta –añadió. Miró la mesa. Prefería mirar a la orquídea que ver la mirada que él tenía en los ojos.

–Bien –dijo él. De repente, apareció junto a ella y le tocó suavemente la mejilla–. Si es cierto, está bien, pero te conozco mejor de lo que crees. Sé que algo ha cambiado.

–Nada ha cambiado.

–Siempre hemos sido sinceros el uno con el otro, Charlotte. Al menos, yo sí.

Charlotte se mordió el labio antes de contestar. Después de todo, ya nada importaba.

–Resulta muy raro... Flynn me envió una rosa blanca y una nota cuando... cuando decidió que su carrera en la política era más importante que yo.

–¿Y por qué tuvo que elegir? ¿Por qué no podía tener las dos cosas?

–Porque yo le avergonzaba. Era un impedimento para un futuro político.

Nic frunció el ceño.

–En ese caso, es un idiota y tú estás mucho mejor sin él.

–Olvídate de él. Yo ya lo he hecho –dijo ella–. Sin embargo, todo esto me ha recordado que me marcho mañana.

–Entiendo... ¿Tienes planes para cuando llegues a casa?

–Tengo entradas para la ópera y me muero de ganas por ir. Se trata de *Carmen*, mi ópera favorita.

Sabía que, seguramente, aquel día se encontraría de nuevo con la prensa y que, una vez más, le preguntarían por la ruptura. Sin embargo, aquellas dos semanas habían convertido a Charlotte en una persona mucho más segura de sí misma. Estaba empezando a creer que podría enfrentarse al público sin sus inseguridades de siempre.

—¿Entradas? —preguntó él—. ¿Quieres decir más de una?

—Se suponía que Flynn iba a acompañarme. Las compré hace meses. ¿Te gusta la ópera?

—Nunca he estado.

—No es para todo el mundo.

Nic apretó la mandíbula. Charlotte comprendió que le había ofendido. Sabía que él creía que ella pensaba que no era lo suficientemente culto para su gusto.

Sonrió y tomó de nuevo la palabra.

—A mi padre tampoco le gustaba. No le habrían llevado a ver una ópera ni arrastrado por caballos salvajes —dijo mientras jugueteaba constantemente con el sobre entre los dedos—. Tú estarás encantado de volver a tu trabajo, estoy segura de ello. Lo has estado descuidando para entretenerme a mí.

—Te aseguro que ha merecido la pena.

Nic la miró y, durante un instante, algo muy parecido a la esperanza se despertó dentro de ella. Entonces, él le quitó el sobre de las manos y lo arrugó entre los dedos.

—Esto ha sido una mala idea —anunció mientras arrojaba la bola de papel a la papelera—. Te lo diré de palabra. Si quieres cenar conmigo esta noche, voy a cocinar una típica comida isleña —explicó. Entonces, le agarró la mano y comenzó a tirar de ella hacia la puerta—. Por eso, tenemos que ir al mercado.

Ella trató de agarrar el bolso al vuelo.

—Espera...

Nic se detuvo y la miró profundamente.

—A menos que, de verdad, quieras estar sola.

No. Charlotte vio algo en la mirada de Nic que le detuvo los latidos del corazón. Ella tomó su bolso y su sombrero.

—Ya haré la maleta esta tarde.

La casa de Nic era amplia y acogedora, con suelos de mármol blanco y vistas panorámicas del océano.

Acababan de pisar la moderna cocina cuando el ama de llaves de Nic apareció en la puerta con una cesta de verduras recién recolectadas bajo el brazo.

—¡Ah! ¡Ahí estás! —exclamó Nic sonriendo a la mujer—. Tenika, me gustaría presentarte a Charlotte. Tenika ha accedido a dejarme la cocina esta noche.

Charlotte asintió.

—*Bula,* es un placer conocerte, Tenika.

—*Bula vinaka* —replicó Tenika mientras la observaba con un inusitado interés.

En ese momento, el teléfono móvil de Nic comenzó a sonar. Él se excusó y se apartó para responder.

—¿Cuánto tiempo llevas trabajando para Nic? —le preguntó Charlotte a Tenika.

—Siete años. Cuando vino aquí, nos dio a mi marido y a mí trabajo. Es un buen hombre —explicó mientras dejaba la cesta encima de la encimera—. ¿Le gusta Fiji?

—Mucho.

—Tiene que volver. Nic está demasiado tiempo solo después de que la mala se fue.

—¿La mala?

—Angelica. Mala —murmuró Tenika.

Charlotte se moría de ganas por preguntar más, pero Nic regresó en aquel instante.

Tenika sacó un par de mangos maduros de la cesta y se dirigió hacia el grifo.

—*Ni mataka.* ¿Vuelve a Australia?

—Mañana, sí.

—Usted y él han tenido una visita agradable aquí, ¿*io*?

Nic intercambió una íntima mirada con Charlotte que expresaba exactamente lo agradable que la visita había sido.

Charlotte estaba tan ensimismada mirando a Nic que casi no se dio ni cuenta de que Tenika se había dirigido a la puerta.

—Regrese pronto —le dijo la mujer, sonriendo—. Ahora me voy. Disfrute *kakana* juntos. *Moce*.

—*Moce*. Buenas noches —respondieron Charlotte y Nic al unísono.

—¿Agradable, eh? —comentó Charlotte mientras le rodeaba el cuello con los brazos—. Supongo que *kakana* significa una cena y sexo apasionado, ¿no?

Nic sonrió y le dio a Charlotte un beso. Entonces, se acercó al frigorífico y comenzó a sacar los ingredientes. Un trozo de pescado muy grande, un plato de tomates Cherry cortados, un plato de cebolla picada y bol de leche de coco.

—Con Tenika, no estaría demasiado seguro. Las mujeres de Fiji son celestinas natas.

—¿Puedo hacer algo para ayudarte?

—Puedes hacer rodajas esta lima si quieres —dijo él. Le entregó la lima con un cuchillo.

Charlotte se acomodó sobre un taburete y comenzó a realizar su tarea.

—¿Qué vas a cocinar?

—Pescado con leche de coco. Un plato especial de Fiji —explicó mientras cortaba el pescado en trozos.

Echó los trozos de pescado en una sartén muy caliente y colocó las espinacas y las hojas de jengibre que Tenika había recogido sobre papel de aluminio y lo puso todo sobre un plato. Añadió los tomates y las cebollas. Los fuertes aromas comenzaron a llenar la cocina.

—Prueba esto —le dijo Nic mientras le ofrecía una cucharada de leche de coco—. Recién exprimida.

—¡Dios mío! —exclamó ella mientras Nic colocaba el pescado sobre la cama de hojas—. Es delicioso.

—Ahora, lo echamos por encima y añadimos la lima. Por último, cerramos bien el papel de aluminio y lo horneamos mientras nos bebemos unos cócteles y te enseño... ¿Qué pasa?

Charlotte trató de recuperar la compostura y se dio cuenta de que él la estaba observando con el ceño fruncido.

—Solo estaba pensando lo mucho... lo mucho que voy a echar de menos... estar aquí.

«Tu compañía», debería haber dicho.

—Me alegra escuchar eso porque significa que he hecho bien mi trabajo como guía.

Nic se enjuagó las manos y preparó los copas de cóctel con una bebida exótica de color rojo y azul que se estaba enfriando en el frigorífico.

—Tiene un aspecto interesante.

—Me gusta experimentar. Este lo he llamado «Cielo de Fiji».

Ella aceptó la copa que él le ofrecía y se dirigió hacia el balcón. Entonces, levantó la copa contra el cielo del atardecer.

—Perfecto —dijo. Cuando Nic se acercó a ella, se dio la vuelta y golpeó suavemente la copa con la de él—. Por un guía extraordinario y un creador de cócteles mágicos.

—Por las musas —asintió él.

–Umm –susurró ella mientras se tomaba un sorbo del cóctel–. Hablando de musas, ¿me vas a enseñar tu trabajo?

–Últimamente no he sido muy productivo.

–Es culpa mía, pero no voy a disculparme –comentó. Dado que él no ofreció más información ni le ofreció mostrarle la casa, decidió sugerírselo–. Supongo que tienes un despacho en alguna parte.

–Arriba.

Cuando él no se movió, Charlotte se acercó a él y le deslizó un dedo por el torso.

–Tú has visto mi trabajo. Ahora, es justo que tú me enseñes el tuyo.

Nic sonrió.

–Es justo –musitó. Entonces, le dio un beso antes de conducirla al espacioso salón.

Charlotte quedó encantada por la decoración, de estilo isleño, los muebles de madera tallada y las contraventanas que permitían la circulación del aire.

–Es una casa muy hermosa. ¿Colaboraste tú en su decoración?

–Hice que se ocupara un diseñador de interiores –explicó él mientras subían la escalera–. Cuando la compré, estaba en bastante mal estado.

Llegaron a una estancia y él encendió una luz. La habitación se iluminó con una luz fría, etérea.

–Vaya...

Charlotte admiró la amplia zona de trabajo, llena de cables, pantallas de ordenador y toda clase de aparatos informáticos. Pósters fantásticos de paisajes extraterrestres cubrían las paredes y estatuas metálicas de criaturas míticas los observaban desde las estanterías. Una especie de hiedra creía en una maceta al lado de la ventana y se iba enredando por todas partes.

–Dom Silverman –murmuró ella mientras estudiaba los premios que tenía encima del ordenador–. Ese es tu pseudónimo.

Sin responder, Nic encendió un ordenador y varias pantallas se iluminaron para formar prácticamente un paisaje en tres dimensiones, lleno de criaturas y de humanos.

–¿Quién es esa chica? –preguntó ella.

Maldita sea. Nic no tenía ni idea de cómo le había convencido ella para que le mostrara su despacho. Su alter ego. Efectivamente, parecía que ella era capaz de conseguir que se olvidara de cualquier cosa, incluida la cautela.

–Es Reena.

–Se parece un poco a mí...

–Pues ahora que lo dices, es cierto. ¿Qué te parece esto? –le preguntó. Entonces, apretó un botón. Reena se envolvió en una capa plateada y desapareció inmediatamente.

–Bueno, pues adiós, Reena –murmuró Charlotte. Entonces, dio un sorbo a su copa sin dejar de mirar las pantallas–. ¿Y qué está pasando en el mundo de Reena en este momento?

–No mucho. He estado estudiando algunas ideas para convertir los juegos en un libro cuando haya terminado. Llevo dieciocho años trabajando en juegos de ordenador. Estoy pensando que tal vez haya llegado el momento de cambiar.

–Con el éxito de tu juego, seguramente que cualquier editor te lo quitaría de las manos.

–No estoy seguro de que quiera publicarlo. Tal vez sea más bien un hobby, como tu ropa interior.

–Lencería –le corrigió ella con una sonrisa–. ¿Cómo empezaste a trabajar con los ordenadores?

—Cuando tenía trece años, mi instituto hizo un concurso para diseñar el sitio web del centro. No quiero sonar un poco creído, pero un profesor vio mi potencial y me puso a trabajar en un despacho de la secretaría, fuera del horario lectivo.

—Cariño, tú puedes sonar todo lo creído que quieras.

Charlotte volvió a hacer aquel gesto tan erótico con el dedo, pero en aquella ocasión no se conformó con quedarse en el cinturón.

Sin dejar de mirarla, Nic le agarró la mano y se la apretó contra la potente erección.

—El premio era un ordenador.

—Y, por supuesto, tú ganaste.

—Por supuesto —respondió. Dejó la copa en la mesa para poder acariciarle los pechos con la otra mano—. Me vuelves loco cuando te pones este pareo...

—Lo sé —ronroneó ella—, pero... pero creo que se nos está quemando la cena.

—Maldita sea, te aseguro que no es la única cosa que se está quemando...

Charlotte dio un paso atrás y se echó a reír.

—Estoy deseando...

Nic lo estaba deseando también, pero no estaba pensando precisamente en la cena. Por supuesto, Charlotte ya lo sabía.

Capítulo 10

CENARON en el balcón, iluminados por la suave luz de las velas. El pescado estaba delicioso y la compañía resultaba perfecta. Charlotte echó un poco de azúcar en su café mientras pensaba que, muy pronto, los trópicos parecerían ser un lugar muy lejano y remoto.

—Te encanta este lugar, ¿verdad? —le preguntó.

—Me encanta la libertad y el estilo de vida. Puedo dejar las ventanas abiertas, ir y venir como me plazca, dormir cuando quiero o trabajar toda la noche. Aquí nadie me molesta.

—¿Te gusta la soledad?

—Por supuesto —respondió. Su rostro se tensó ligeramente y una mirada extraña se reflejó en las profundidades de sus ojos.

—¿No quieres que alguien especial comparta la vida contigo?

—Pensé que eso te lo había dejado muy claro —le espetó él. Se levantó de la silla y se dirigió a la barandilla.

Charlotte permaneció sentada, pero lo siguió con la mirada.

—¿Nunca?

—Ya hemos hablado de eso...

Ella notó el tono de advertencia, pero no pudo dejarlo estar.

—Es muy triste —susurró—. ¿Acaso tu vida familiar era tan...?

—Ya basta —le dijo Nic mientras se volvía para mirarla. Tenía la mirada oscura, impenetrable.

—No. Tú sabes cosas de mi vida personal. ¿Por qué te pones tan a la defensiva? ¿Por qué...?

—Solo estábamos mi madre y yo, ¿de acuerdo? Cuando se molestaba en regresar a casa —respondió. Pareció quedarse atónito, como si no hubiera tenido la intención de contarle nada.

—Vaya... —susurró ella, sin saber cómo responder—. ¿Estaba trabajando...?

—Sí. Trabajaba. Trabajaba muy duro —dijo, casi entre dientes—. Luego se lo gastaba jugando al póquer y Dios sabe en qué más, olvidándose de que tenía un hijo que la estaba esperando en casa.

—Eso debió de haber sido muy difícil.

Nic se encogió de hombros y entonces suspiró. Charlotte tenía razón. Él se había esforzado mucho por mantener el pasado donde pertenecía, pero sus defensas se estaban derrumbando.

Con Charlotte, se había encontrado compartiendo cosas que jamás le había contado a nadie.

—Aprendí a salir adelante. Incluso cuando ella estaba viva, yo ya iba por libre. Supongo que, al menos, podríamos decir que me enseñó a ser independiente.

—¿Estabas viviendo en casa cuando ella murió? —preguntó ella, con la esperanza de que él no dejara de sincerarse.

—Técnicamente, sí, pero más bien era al revés. Era ella la que vivía conmigo. Tuve mucho éxito con mis juegos de ordenadores cuando aún era un adolescente. El dinero dejó de ser el problema.

Los ojos de Charlotte se llenaron de tristeza.

—Pobrecito... ¿Estuvo enferma durante mucho tiempo?

Nic la miró fijamente hasta que se dio cuenta de que ella no lo había comprendido.

—Guárdate tu compasión. Ella no estuvo enferma ni un solo día de su vida. Salió del pub un día y se puso delante de un autobús. Estaba demasiado ocupada contando sus ganancias, o más bien sus pérdidas, para prestar atención a la carretera.

—Oh, lo siento —susurró ella muy sorprendida.

—No hay por qué. No puedo decir que la echara de menos porque nunca la veía. Desde que puedo recordar, la rutina de su vida no cambió nunca. Se iba a primera hora de la mañana y regresaba a medianoche.

—¿Incluso cuando eras un niño?

Su madre era una cosa, pero los oscuros días de su infancia no iban a formar parte de aquella conversación. Nic apartó la mirada y se centró en la vacía negrura del mar.

—Como te he dicho, todo esto me enseñó a cuidar de mí mismo en solitario.

Entonces, se dio la vuelta para ver una expresión triste en los ojos de Charlotte. Apretó los puños para no ir a abrazarla. Sabía que ella estaba tratando de reemplazar esa pérdida consigo misma. Ella era una chica de familia buscando una familia, algo que él no podía darle.

—No sé cómo ser de otra manera, nena.

—Tal vez eso sea porque nunca lo has intentado —dijo ella. Se puso de pie y se acercó hacia él. Entonces, le colocó una mano sobre el brazo—. Tal vez esa sea la razón por la que has creado ese mundo de fantasía. Para compensar lo que te falta en la vida.

—Mi vida está perfectamente, gracias —replicó él. No quería admitir que ella no iba muy desencaminada.

Charlotte se inclinó sobre la barandilla para poder mirarlo a los ojos.

—¿Qué ocurrió con... Angelica?

—¿Cómo diablos...?

—Tenika mencionó su nombre. Acompañada de la palabra «mala». En la misma frase.

—Dios, un hombre no puede dejar a solas a dos mujeres juntas ni un minuto...

—Nic. Ella se preocupa por ti. Tal vez no quieras escuchar esto, pero voy a decirlo de todos modos para que tengas que hacer algo al respecto. Yo también.

Charlotte tenía los ojos muy abiertos, la voz fuerte y la determinación reflejada en el rostro, pero, al mismo tiempo, parecía dispuesta a escuchar. Algo cálido y poco familiar se deslizó dentro del corazón de Nic. Charlotte se merecía algo a cambio.

—¿Te acuerdas aquella primera mañana cuando te acusé de espiarme en mi jardín? Puedes echarle la culpa a Angelica de esa paranoia. Esa mujer tenía belleza y cerebro. Suficiente inteligencia como para robarme mi trabajo y suficiente audacia para hacerlo pasar como suyo.

—¡Nic, eso es terrible!

—La llevé hasta los tribunales.

—¿Cómo la conociste?

—En una conferencia en los Estados Unidos. Ella era una programadora de ordenadores de Sídney.

—¿Erais amantes?

—¿Qué crees tú?

—Lo he preguntado porque no me puedo imaginar a nadie haciéndole algo así a una persona por la que siente algo.

—Pues eso es precisamente. En realidad, no creo que sintiera nada por mí. Lo único que le importaba eran los juegos y cómo podía utilizarme. Entonces, fue cuando decidí adoptar otro nombre y escribir mi trilogía de

Utopía. Nic Russo ya no existe en el mundo de los juegos *online* –concluyó. Entonces, se sacó el móvil y llamó a Recepción.

–¿Qué estás haciendo?

–Organizándolo todo para que te traigan aquí el equipaje y dejen libre tu suite.

–Pero...

–Esta noche te vas a quedar aquí conmigo.

Instantes más tarde, ya en el dormitorio, los dedos de Nic volaron para quitarle el pareo, algo que llevaba toda la tarde deseando hacer. Sin embargo, cuando la miró a los ojos, aquella necesidad se vio reemplazada por otra que no era menos urgente. La necesidad no solo de reclamar, sino también de poseer.

La pasión se acrecentó a medida que la velocidad aminoraba. El tiempo para absorber la suave caricia de la piel sedosa contra las manos, la calidez del aliento de ella mezclándose con el suyo, las rotundas curvas que se fundían contra él como la miel calentada por el sol. No hacía más que decirse que tan solo era una mujer, pero las sensaciones lo atravesaban como si fuera mercurio deslizándose sobre una piedra pulida.

La suave luz de las velas en el exterior de la ventana la cubría de unas sombras tan misteriosas y atractivas que, por un momento, Nic deseó olvidarse por qué jamás había tenido una mujer en aquella habitación desde Angelica.

Aquellos ojos tan claros como el agua lo llegaban muy dentro y tocaban lugares secretos de su corazón a los que no había llegado ninguna mujer.

–Charlotte...

Su murmullo fue bajo y sentido mientras le acariciaba los senos y las caderas. No era para siempre, pero, aquella noche, aquella última noche, aceptaría todo lo que ella le ofreciera.

Charlotte no quería que Nic la llevara al aeropuerto. Ya le resultaba suficientemente duro despedirse de aquella isla mágica, por lo que despedirse de Nic era prácticamente imposible.

Por lo tanto, se levantó de su cama antes del alba, se vistió rápidamente y llamó a un taxi para que fuera a buscarla a la zona de la recepción del hotel. Decidió que le enviaría un correo o un mensaje de texto para que él supiera que había llegado sana y salva. Y ahí terminaría todo.

Unas horas más tarde, en la sala de espera del aeropuerto de Tullamarine, diez minutos antes de que tuviera que embarcar para su vuelo a Adelaida, marcó el número de Suzette en su teléfono móvil.

—Hola, Suz. Ya he vuelto. Bueno, al menos ya estoy en Melbourne...

—¡Vaya! Ya iba siendo hora —replicó su mejor amiga—. Como me dijiste que no te llamara, no lo he hecho...

—Y te lo agradezco.

—Sabía que necesitabas tiempo para pensar en todo lo ocurrido, pero pensé mucho en ti mientras yo me congelaba en las semanas más frías de este invierno. Por favor, dime que tuviste una aventura romántica salvaje con un tío bueno y que te has olvidado por completo de ese idiota que no te merecía.

—Ajá...

—¿Qué? ¿Qué? —preguntó Suzette asombrada tras una pausa de pocos segundos—. Cuéntamelo ahora mismo. Todo. ¿Cómo se llama? ¿A qué se dedica?

—Se llama Nic Russo —respondió. Solo decir su nombre le aceleraba los latidos del corazón—. Diseña juegos de ordenador, como por ejemplo uno que se llama *El Crepúsculo de Utopía*. Es maravilloso y...

—¿Y? ¿De dónde es? ¿Vas a volver a verlo?

—Él... —susurró. De repente, sintió una presión en el pecho y la visión se le puso borrosa de una manera muy sospechosa—. No. No voy a volver a verlo. Ha sido una aventura, Suz. Una aventura salvaje y romántica.

—Sí, pero...

—Ha terminado. ¿No es eso lo que me dijiste que hiciera? Pues he seguido tu consejo. Llegaré a casa esta noche si quieres pasarte a tomar algo. Tengo una idea para un desfile de modas con el que quiero recaudar fondos para una escuela en Fiji que fui a visitar —le dijo a su amiga. No quería admitir que le vendría muy bien la compañía.

—Me encantaría, Charlie, pero sigo aún en ese seminario de moda para novias. Volveré pronto. Ya te diré cuándo. Mientras tanto, mándame por correo electrónico algunos de los detalles de ese desfile. Me encantaría participar.

—Está bien...

Justo cuando Charlotte cortaba la llamada, una mujer se levantó de un asiento cercano y se acercó a ella con una sonrisa. Charlotte la reconoció inmediatamente. Se trataba de una periodista de Adelaida. Genial. Justamente lo que no necesitaba.

—Señorita Dumont, bienvenida... Lamento su reciente ruptura con el señor Edwards. ¿Qué...?

—Nuestras vidas tomaron direcciones opuestas —replicó—. Esto es todo lo que tengo que decir al respecto.

—¿Le ha gustado Fiji?

—Mucho, gracias.

—¿Qué planes tiene ahora?

—En realidad, no tengo... Espere —dijo. Tal vez podría utilizar a la prensa por una vez en beneficio propio–. Tengo la intención de organizar muy pronto un evento benéfico para recaudar dinero para una escuela en Fiji. Daré los detalles a la prensa muy pronto.

–¿Alguna razón en particular para...?

–Eso es todo por el momento –dijo. Entonces, se levantó y echó a andar–. Tengo que embarcar.

Nic frunció el ceño mientras jugaba con una libélula de papel que tenía sobre su escritorio. Charlotte se había marchado sin decirle nada. Sin poder evitarlo, mandó la libélula volando al otro lado de su despacho.

¿Qué tenía de malo aquello? Después de todo, ¿no había hecho él lo mismo en muchas ocasiones?

Se dijo que había disfrutado de la compañía de una hermosa mujer y que, después de dos semanas de descanso, tenía que volver a trabajar. Encendió el ordenador y esperó impaciente a que el programa se cargara. Sin embargo, al ver a Reena, no pudo evitar volver a pensar en Charlotte...

Se puso de pie y se mesó el cabello con las manos. Solo podía pensar en Charlotte. La recordaba tumbada en su cama la noche anterior, cuando el sentido común parecía haber dado un paso atrás y él le había contado cosas que no le había contado a nadie.

De nuevo, se dijo que tenía que trabajar. Tenía que escribir un programa e iba a hacerlo a cualquier precio.

Al final, su determinación ganó y estuvo trabajando durante el resto del día y gran parte de la noche. Tan solo durmió dos horas antes de ponerse de nuevo.

Al día siguiente por la tarde, salió a nadar un rato y luego se sentó en una hamaca para ponerse al día con el mundo real por medio del periódico local.

En la página tres, vio una foto de sí mismo junto a un gran titular que podría haberse sacado de uno de sus juegos. *Dom Silverman: El mundo secreto de Nic Russo.* Además, se incluía una foto de Charlotte y él a bordo de un yate y se especulaba con su posible relación.

No se molestó en leerlo. La traición lo apuñaló por la espalda, dejando que su mancha negra se extendiera y se apoderara de él. Se incorporó y agarró el teléfono móvil.

Cuando su teléfono empezó a sonar y Charlotte vio el número de Nic, el corazón le dio un vuelco. ¿Cuántas veces en las últimas veinticuatro horas había empezado a marcar su número antes de recordar que Nic no habría querido que ella tratara de conseguir que su relación fuera algo más de lo que habían compartido?

Apretó el botón con una mezcla de excitación y aprensión.

—Hola, Nic. ¿Has recibido mi mensaje de tex...?

—¿Por qué, Charlotte? —le espetó él con voz tensa y distante.

—Lo siento —replicó ella. Las manos no paraban de temblarle—. Pensaba que era el mejor modo, dadas las circuns...

—¿Ha sido por dinero? ¿Acaso tu herencia no ha sido lo que esperabas?

—¿De qué estás hablando?

—Del periodista de la playa. Le hablaste de mí. De Dom Silverman.

—¡No! ¡Eso no es cierto. ¿Qué es lo que ha pasado?

—Hay un artículo en el periódico. Interesante coincidencia, ¿no te parece? Aparece justamente el día después de que te largues a Australia.

—No, Nic, por favor... Tienes que creerme. Yo jamás te haría algo así. Te lo juro por la memoria de mis padres que no he sido yo.

Se produjo una larga y tensa pausa.

—Entonces, ¿cómo diablos se han enterado?

—No lo sé.

A menos que aquella periodista de Tullamarine. ¿Habría estado escuchando la conversación que ella había tenido con Suzette? Charlotte trató de recordar lo que había dicho. Entonces, deseó que el suelo se abriera bajo sus pies.

—No...

—Cuéntamelo todo.

Trató de explicárselo todo, pero lo hizo atropelladamente. Se había referido a Nic por su nombre de pila, pero había mencionado *El Crepúsculo de Utopía*. Un par de clics de ratón y esa mujer lo habría averiguado todo.

—Todavía no sabes cómo tratar con los paparazzi, ¿verdad? Nunca debes decir nada en público que no quieras que se sepa.

—Nic... No sé qué...

—Dime tu dirección y te enviaré un coche mañana a las cinco de la tarde. Él se asegurará de que no te siguen. Te reunirás conmigo en Montefiore Hill a las seis.

Aquella zona era uno de los lugares favoritos de los novios y los amantes.

No en aquella ocasión.

Capítulo 11

CUANDO el coche que la transportaba se detuvo en Montefiore Hill, Charlotte dedujo que el deportivo rojo que estaba aparcado al lado debía de ser el coche de Nic. Inmediatamente, vio que él bajaba del coche con un paraguas y que abría su puerta.

No perdió tiempo con saludos innecesarios. La metió en el interior de su coche y lo rodeó. Cuando se metió en su interior, el coche en el que ella había llegado hasta allí se marchó.

Jersey negro, pantalones negros, ojos negros. Un formidable contraste con el amante que ella había tenido en Fiji. A pesar de eso, el corazón comenzó a latirle con aprensión... y con deseo.

—Nic...

—No estoy muy contento contigo, Charlotte.

—He metido la pata hasta el fondo, ¿verdad? Espero que confíes en mí lo suficiente como para saber que yo jamás haría nada que pudiera perjudicarte. Comprendo que no confías en la gente después de lo que me contaste, pero...

—He decidido que me estabas diciendo la verdad.

—¡No sabes qué alivio supone para mí oírte decir eso! —exclamó ella respirando por fin.

—Ahora, tendremos que enfrentarnos a ello. Juntos.

—Yo creía que no querías volver a tener nada que ver conmigo.

–Lo he pensado bien en las últimas veinticuatro horas. Todos cometemos errores.

–Eso es muy generoso por tu parte, pero no me lo merezco. Por mí, has perdido tu anonimato...

–Te aseguro que no es lo peor que me ha ocurrido en toda mi vida. Tal vez ya iba siendo hora... –susurró él mientras acariciaba las puntas del cabello de Charlotte con los dedos–. De hecho, a mí me preocupas más tú. Sé lo mucho que odias la publicidad.

–Podré superarlo. Cada vez se me da mejor –susurró ella, inclinándose hacia Nic cuando él comenzó a acariciarle la mejilla con los nudillos–. No tenías que venir hasta aquí para acariciarme el rostro...

–Es cierto, pero tal vez no me conforme solo con el rostro –sugirió con voz profunda.

De repente, el respaldo del asiento de Charlotte se reclinó suavemente. Él comenzó a besarla apasionadamente y, segundos más tarde, le metió una mano por debajo del jersey y por debajo del sujetador para acariciarle un pecho.

–Nic, espera... Estamos en un lugar público.

–Relájate. No hay nadie... ¿No has estado en un lugar así antes?

–No.

Nic se desabrochó los pantalones y le deslizó la mano a ella por el vientre y por debajo de las braguitas.

–Pues ya iba siendo hora...

La urgencia se apoderó de él cuando ella se arqueó contra él, gimiendo de placer. Nic introdujo los dedos un poco más y, tras unos frenéticos segundos, consiguió bajarle los vaqueros hasta las rodillas y comenzó a cabalgar encima de ella desesperadamente. Sin paciencia. Sin control. Sin delicadeza. Pasión ciega y abrasadora que los condujo juntos hasta la cima del placer.

Se colocaron la ropa en silencio. Nic se había enga-
ñado al pensar que lo suyo con Charlotte había terminado. Quería más, tal vez tan solo unos días o un par de
semanas más. Así, lograría cansarse de ella y podría
centrarse de nuevo en el trabajo.

–Vente a mi apartamento. Te llevaré a tu casa mañana –le dijo–. Quiero volver a hacerte el amor. Toda
la noche.

–Yo también...

Instantes más tarde, Nic salió del aparcamiento y se
dirigió a Glenelg a toda velocidad.

–Supongo que no vas a tardar en regresar a Fiji, en
especial con el frío que está haciendo –comentó ella.

–Ya que estoy aquí, me voy a quedar un tiempo. ¿Sigues pensando lo del desfile? Si no falta mucho, podría
quedarme hasta entonces y apoyarte en lo que pueda.
Si quieres.

–Claro que sí. Me encantaría. Suzette va a propor-
cionar los vestidos de novia y los trajes formales y las
modelos. Yo me voy a poner en contacto con los que
tienen dinero a montones. No debería tardar más de un
par de semanas en organizarlo.

–¿Vestidos de novia?

–Es la especialidad de Suzette.

–¿Y nada de lencería? Sin duda las novias quieren
llevar algo especial después de un día tan importante
para dejar boquiabiertos a los novios. Tú serías una modelo perfecta. Te he visto.

–Sé lo que estás pensando, Nic. Olvídalo.

–Es una pena.

–Sin embargo, dado que estás aquí –dijo ella cam-
biando de tema–, esas entradas para la ópera de las que
te hablé son para mañana por la noche. Si quieres acompañarme...

–Supongo que podría intentarlo. Con la condición de que te vengas conmigo a casa después.

–Trato hecho.

A la mañana siguiente, Charlotte se levantó de la cama antes que Nic y se dirigió al cuarto de baño para asearse. En vez de utilizar los productos de higiene de Nic, sacó una pastilla de jabón que llevaba en el bolso.

La alegre voz de un locutor de radio fue la primera pista de que ya no estaba sola. Levantó la mirada y vio los dos altavoces que había en la pared. Entonces, notó una sombra al otro lado de la mampara cubierta de vapor de agua.

–¿Te importa si te acompaño? –preguntó Nic mientras se colocaba detrás de ella.

–Yo... –susurró ella, mientras él deslizaba las manos para colocarlas encima de los senos–. Pensaba... pensaba que estabas dormido.

–Y lo estaba –musitó él mordisqueándole el cuello–, pero entonces olí este perfume y tuve que venir a investigar. Lleva más de dos semanas volviéndome loco.

–Pues puedes dar las gracias a que llevaba una pastilla de emergencia en el bolso.

–Por supuesto. Todas las princesas deben viajar siempre con lo esencial.

El cuerpo de Nic se apretaba contra el de ella. Resultaba evidente que él estaba dispuesto a mucho más.

–Ríete si quieres, pero no voy a cambiar...

–Ni yo quiero que lo hagas. Este aroma fue pensado para ti –murmuró mientras le mordisqueaba el lóbulo de la oreja.

–De hecho, así fue –dijo ella. Resultaba difícil concentrarse cuando la erección de Nic le tocaba por detrás y las manos estaban dibujándole círculos alrededor de los pechos–. En exclusiva... En París... Hace años...

–¿De qué olor se trata? ¿Jazmín?

–Y madreselva, mandarina dulce, rosa negra... entre otras cosas.

–Ese perfume fue lo primero que noté sobre ti –susurró él, sin dejar de acariciarla ni besarla.

–¿Sí?

–Estabas delante de mí en la fila de facturación en Tullamarine.

–Oh...

Cuando Nic le rodeó la cintura con el brazo y se apretó a ella, Charlotte no pudo seguir hablando. Separó las piernas y dejó que él la penetrara, sujetándola completamente recta con su fuerza y su calidez.

–Y fantaseé con hacer esto –dijo él mientras se hundía más profundamente en ella, sin dejar de acariciarle el vientre y más abajo, entre las piernas, justo en el lugar en el que ella lo deseaba con la mayor desesperación.

Nic no se podía imaginar un modo mejor de comenzar el día que con una fantasía hecha realidad.

–Tengo que decirte que tu nuca es una obsesión para mí.

Le acarició suavemente la nuca, lentamente, desde la base del cráneo hasta la línea del cabello. Ella respondió como un arpa, afinada exclusivamente para él. Sus dulces suspiros eran como música de los ángeles para sus oídos. Fue subiendo poco a poco entre el cabello hasta que sintió que ella se echaba a temblar.

–Eso es... maravilloso.

–Y tú también... y tú también...

Se hundió en ella más profundamente. El húmedo calor de Charlotte se tensó como un guante alrededor de él.

Desayunaron mirando el mar. La lluvia había cesado durante la noche, pero aún hacía mucho frío. Mientras se tomaba una tostada, Charlotte se preguntó si él llevaría mujeres allí, pero estaba empezando a darse cuenta de que la intimidad era algo muy importante para Nic.

—¿Tienes aquí también un despacho?

Él indicó una puerta cerrada al otro lado del salón.

—Es bastante básico, pero la luz y la vista lo compensan. Realizo la mayor parte de mi trabajo creativo en Fiji. En Adelaida trabajo principalmente en los programas.

Charlotte se levantó y llevó los platos al lavavajillas.

—Dado que estoy en Glenelg, creo que voy a dar un paseo por Jetty Road antes de marcharme, si no tienes prisa, por supuesto.

—Me parece bien —replicó él—. Yo voy a correr un rato por la playa. Si conozco bien a las mujeres, estaré de vuelta antes que tú, pero por si acaso...

Se dirigió hacia el frigorífico, tomó una llave de un gancho y se la entregó.

Como no quería molestarle por si estaba trabajando, Charlotte entró en su apartamento una hora más tarde. Cuando no vio a Nic, lo llamó suavemente y llamó a la puerta de su despacho.

Al tratar de girar el pomo, lo encontró cerrado.

Su alegre estado de ánimo sufrió un pequeño bajón. Había vuelto antes de lo previsto de su paseo para mirar boutiques por su deseo de estar con Nic. Se sentía desilusionada. Lo único positivo de todo aquello era que tenía tiempo de colocar cuatro cómodos cojines rojos que había comprado para él en el sofá. Colocó la planta sobre la mesita de café. Decidió que el salón, que era demasiado minimalista, sobrio y masculino para su gusto, tenía un aspecto mucho más acogedor. Además, los cojines serían un recordatorio del tiempo que habían pasado juntos cada vez que él se sentara en el sofá.

Estuvo ordenando el dormitorio y el cuarto de baño y luego hizo lo mismo con la cocina. Estaba limpiando la mesa cuando él entró, acompañado por el aroma del mar.

—Hola.

—¿Ya has vuelto? —preguntó él, asombrado—. ¿Qué clase de mujer acorta el tiempo cuando sale de compras?

—Yo. Estaba empezando a pensar que te habías ido corriendo a Fiji —dijo mientras se ponía de puntillas para darle un beso.

Nic la besó también. Aún estaba atónito por la novedad y la sorpresa de que alguien lo estuviera esperando en su apartamento.

—No esperaba que regresaras tan pronto, por lo que me paré a tomar un café... —se interrumpió al ver el sofá y la planta sobre la mesa. Oyó la primera señal de alarma—. ¿Qué es todo eso?

—Pensé que le daban a la casa un aspecto un poco más hogareño.

—No necesito cojines. Casi nunca me siento ahí.

—Pues deberías. No puedes estar encadenado a tu escritorio todo el día.

—Eso es lo que hago. Y no estaré aquí el tiempo suficiente para cuidar de ninguna planta.

—Vaya... Eso no se me había ocurrido. Soy una idiota...

Nic notó la confusión y la vergüenza reflejados en la voz de Charlotte y se sintió como un canalla. Sin embargo, eso no alteró el hecho de que ella había alterado su relación. ¿Acaso pensaba que se iba a quedar allí indefinidamente? ¿Que podría persuadirlo con pequeños regalos domésticos? ¿Cuántas mujeres habían intentado gestos similares con él?

—No es que no te lo agradezca, pero...

—No te preocupes. Regálaselos a alguien. No importa.

Nic sabía por experiencia que, cuando una mujer decía que no importaba en aquel tono de voz lo ocurrido importaba y mucho.

—Voy a darme una ducha rápida y luego te llevaré a casa.

—No hace falta. He llamado a un taxi —replicó ella con voz tensa y sin sentimiento. Entonces, miró el reloj—. Debería llegar en cualquier momento. Bajaré a esperar para no molestarte.

—Charlotte... He dicho que yo te llevo. Dame un min...

—La entrada de la ópera —dijo ella. Se metió la mano en el bolso, la sacó y la dejó sobre la mesa de la cocina—. Así, puedes decidir en el último minuto si quieres venir o no.

Charlotte esperó en el vestíbulo a que Nic apareciera, ignorando las miradas que le lanzaban los presentes. No había sido vista en público desde su ruptura y sabía que aparecerían comentarios en la prensa del día siguiente. Habría resultado tan satisfactorio aparecer en la ópera con un acompañante...

Aguantó un suspiró y consultó la hora. ¿De verdad que esperaba que él se presentara después de lo ocurrido aquella mañana? Había hecho precisamente lo que resultaba evidente que él no quería.

El último aviso sonó. Todos los presentes desaparecieron en el interior del auditorio. Ella debería marcharse a su casa. No podría disfrutar de la ópera dadas las circunstancias.

Justo cuando se daba la vuelta para marcharse, vio a Nic. El corazón empezó a latirle a toda velocidad. Estaba muy guapo con un traje y corbata oscuros.

—El tráfico era peor de lo que había esperado —dijo mientras la agarraba por el brazo y la conducía hacia el interior del auditorio.

—Ya has llegado.

—Charlotte, no debería haber reaccionado de ese modo esta mañana. Todo sobre ti es... diferente.

—Lo sé.

A ella también le asustaba.

—Bueno, ¿qué te ha parecido la ópera? —le preguntó Charlotte mientras regresaban al apartamento de Nic.

—Estaba demasiado ocupado mirándote a ti.

—En serio, ¿te ha gustado?

—Creo que soy de la opinión de tu padre.

—Está bien... En ese caso, gracias por venir e intentarlo. Puedes decir que has tenido una experiencia nueva.

—Ha sido una experiencia verte en tu ambiente.

—Sí. Seguramente *lady* Mitchell está hablando por teléfono en estos momentos contándoselo a todo el mundo.

—¿Y eso te molesta?

—No.

Tras aparcar el coche, se dispusieron a subir al apartamento de Nic.

—Ha sido una velada maravillosa —dijo ella mientras entraban en el ascensor.

—Sí. Y aún no ha terminado...

Cuando las puertas se cerraron, Charlotte se quitó el chal y enganchó a Nic con él por la nuca. Entonces, tiró de él. De repente, el ascensor dio un tirón y las luces se apagaron durante un segundo antes de que todo siguiera funcionando con normalidad.

–Vaya –susurró ella–. ¿Te has quedado alguna vez encerrado en un ascensor?

–No... –replicó él. De hecho, Nic siempre utilizaba las escaleras.

–¿Te gustaría?

–¿El qué?

Le estaba costando concentrarse en lo que ella decía. La visión se le estaba nublando y el pulso se le estaba acelerando. De repente, apenas podía respirar.

Charlotte se desabrochó los botones del abrigo.

–Quedarte encerrado en un ascensor...

–No particularmente –susurró Nic. Una gota de sudor le cayó por la espalda.

Charlotte tiró del chal y se apretó contra él.

–¿Estás seguro? Los ascensores tienen un botón de parada en alguna parte, ¿verdad? Me imagino que podría ser...

–Ni lo pienses –le espetó él. Entonces, con alivio, vio cómo el ascensor se detenía en su planta.

–Demasiado tarde. Acabas de perder tu oportunidad –replicó ella. Salió del ascensor delante de él.

Nic se tomó unos segundos para recuperar el aliento.

Charlotte se quitó el abrigo y lo dejó sobre el sofá. Entonces, se volvió a mirarlo con ojos brillantes y juguetones. Hizo que un tirante del vestido se le deslizara por el hombro y le lanzó una seductora mirada.

–¿Quieres ver lo que llevo debajo?

–Más tarde. Tengo asuntos urgentes de los que ocuparme. Estaré en mi despacho.

Le dio un beso en el hombro desnudo para aliviar lo que ella debía de haber interpretado inequívocamente como un rechazo. Sin embargo, no quería compartir sus carencias.

—Caliéntame la cama —le dijo—. Iré enseguida.

Charlotte se despertó en la oscuridad, desorientada y consciente de que algo había molestado sus sueños. Le había parecido escuchar un sonido de angustia. Giró la cabeza y vio que el sitio que Nic había ocupado estaba vacío. Recordaba vagamente que él se había acostado, pero, en aquellos momentos, las sábanas estaban revueltas. Eran las cuatro y veinte de la madrugada.

Se levantó de la cama, se puso una camisa de él y se dirigió hacia el salón. Vio a Nic en el balcón, mirando el mar, completamente desnudo. Tenía un aspecto muy perdido. Solitario.

«Lo amo».

Aquel pensamiento la sorprendió de repente y la hizo dar un paso atrás. No. No podía ser. No podía enamorarse de un hombre que le había dejado claro que solo quería una relación temporal. Como las piernas le temblaban, se sentó en la silla más cercana, tratando de convencerse de que aquello no debía ocurrir.

De repente, Nic se puso de perfil. Su gesto era serio. Parecía preocupado, molesto. Charlotte pensó en regresar a la cama y dejarlo allí, pero no podía hacerlo. Recogió el abrigo que había dejado sobre el sofá al entrar en el apartamento.

En aquel momento, cuando abrió la puerta de cristal, él la miró sorprendido.

—Nic...

—Hola, nena. Esa camisa te sienta mejor a ti que a mí.

–Nic, hace mucho frío aquí...

–Vuelve a la cama, Charlotte.

–Te vas a enfriar –dijo ella mientras le ofrecía el abrigo.

–No me hables como si fueras mi madre –replicó. No obstante, lo aceptó y se lo puso–. ¿Contenta?

–En realidad, no. Siento haberte hablado así, pero así es tal y como soy. ¿Te apetece algo caliente para beber? –añadió, sin poder contenerse. Sabía que debía parar.

–Estoy bien, gracias –repuso él mientras le mostraba la botella de coñac que tenía sobre la mesa. Entonces, aprovechó para servirse una buena cantidad.

–¿Has tenido un mal sueño? Me pareció oír...

–Estoy trabajando –la interrumpió él, antes de tomar un buen trago de coñac–. Los sueños me dan una perspectiva diferente. Mi héroe se ha metido en una situación algo comprometida...

–¿Estás seguro de que esa es...?

–La inspiración me llega en los momentos más extraños –dijo él sin mirarla–. Realizo mi mejor trabajo por la noche. A esta hora de la madrugada, las estrellas tienen algo. En cierto modo, parecen estar más cerca. Te sientes unido a algo más grande que uno mismo.

Podría ser. Sin embargo, algo había quedado muy claro. Nic ni quería ni necesitaba compañía. Charlotte apretó los dientes y dio un paso atrás, tanto literal como figuradamente.

–En ese caso, te dejo con tu inspiración.

Capítulo 12

DURANTE lo que quedaba de la noche, Nic buscó refugio en su despacho y distracción en su mundo cibernético. Horas más tarde, con el alba, respiró profundamente al ver cómo el sol iluminaba el cielo. La línea del horizonte cortaba el cielo con tanta exactitud como si fuera una cuchilla. Por fin había conseguido liberar su mente de la asfixiante oscuridad que lo atormentaba desde su infancia.

Resultaba evidente que su infierno personal había molestado a Charlotte. Esperaba no haber llorado. Ya era suficientemente malo que no hubiera conseguido salir del ascensor sin hacer el ridículo.

Además, había hecho daño a Charlotte. Lo había visto en sus ojos, cuando él se negó a acompañarla a la cama. Comprendió que ella se estaba enamorando de él, lo que no formaba parte del plan.

Y, en contra de las reglas, él también se había enamorado de ella. Grave error. ¿Qué mujer querría un hombre con su bagaje, sus secretos y sus fobias? Charlotte Dumont era una mujer que buscaba un compromiso duradero, una familia y él no sabía cómo dárselo. Tampoco le gustaba que lo cuidaran. Había sobrevivido toda su vida así. Charlotte era precisamente una de las mujeres que evitaba. La clase de mujeres a las que les gustaba hablar de sentimientos.

A Nic no. No había hablado de sentimientos desde

que le había dicho a su madre que tenía miedo porque se había hecho de noche mientras ella estaba fuera y él no podía alcanzar el interruptor de la luz. ¿Había conseguido algo? Nada. Solo había conseguido que la oscuridad pareciera más real, más amenazante.

En su mundo cibernético, no estaba confinado en ningún sitio. Era libre. Podría ser quien quisiera. Hacer lo que deseara.

Sin embargo, no con Charlotte. Durante lo que quedara de su tiempo juntos, seguiría siendo el tipo divertido que había conocido en el aeropuerto. Tras tomar esa decisión, se puso de nuevo a trabajar.

Cuando Charlotte se despertó, Nic ya estaba vestido y sugiriéndole que fueran a desayunar a uno de los pequeños cafés que había abajo. Mientras desayunaban, ella no vio rastro alguno del hombre que había dejado en el balcón. Volvía a ser el Nic de siempre, el hombre al que podía enfrentarse y ocultar sus verdaderos sentimientos.

Sin embargo, ella sí había cambiado. Y era Nic el responsable de ese cambio. Tal vez él no se había dado cuenta de lo mucho que la había hecho cambiar, de muchas maneras diferentes. Cambios buenos. Charlotte había dejado de ser la mujer que Flynn había conocido para ver la vida de un modo muy diferente. Solo por eso, le iba a echar mucho de menos.

Además, había comprendido que lo que había tenido con Flynn era tan solo una pálida imitación del verdadero amor.

El trayecto de ochenta minutos al valle de Barossa le dio tiempo para realizar algunas llamadas sobre el desfile benéfico y así no tener que pensar en Nic. El día anterior, había reservado su lugar favorito, que había quedado disponible dentro de dos semanas debido a una cancelación.

Mientras hablaba por teléfono, Nic escuchó los nombres de las personas con quien charlaba. Todas pertenecían a la flor y nata de la alta sociedad del sur de Australia. Aquel desfile iba a ser una experiencia nueva para él.

Por fin, llegaron a una carretera privada que se detenía justo delante de una imponente puerta principal. La casa era una enorme mansión de dos plantas. Unas columnas blancas sostenían una galería que rodeaba ambas plantas.

—Vamos —le dijo ella muy emocionada mientras bajaba del coche—. Ahora, me toca a mí enseñarte mi casa.

Nic subió los escalones y esperó mientras ella introducía el código de seguridad de la alarma. El interior de la casa resultaba igualmente impresionante.

—¿Cuántas habitaciones tiene esta casa? —le preguntó él mientras admiraba la enorme araña de cristal.

—Veintidós, incluida la bodega, que tiene también una araña de cristal.

—¿Cómo?

—Bueno, en realidad, no es solo una bodega. Se trata de un lugar en el que se reciben visitas. Te lo enseñaré más tarde.

—¿Y vives aquí sola? —le espetó él sin entusiasmo alguno.

—Suzette se queda a veces —respondió Charlotte. La tristeza le nublaba los ojos. Su excitación se había esfumado por completo—. Desde que Flynn se marchó... Es que no puedo venderlo. Es lo único que me queda de mi familia —añadió. Entonces, se dio la vuelta y se dirigió hacia la parte trasera de la casa—. Ve a darte una vuelta. Yo prepararé café.

Nic sospechaba que aquella repentina marcha se debía a la reacción que él había tenido. No debería haber sido así. Él debería haberle dado su apoyo. Regresar a una casa vacía en tales circunstancias debía de ser muy duro.

Subió la escalera y deambuló por el amplio pasillo, pasando por delante de dormitorios y salones diversos decorados con antiquísimos muebles. Entonces, se detuvo delante de la que debía haber sido la alcoba de los padres de Charlotte.

—Está igual que estaba aquel día —dijo ella, apareciendo de repente a sus espaldas.

Nic comprobó que había un rompecabezas a medio terminar y un par de gafas colocadas cuidadosamente sobre la mesa. Una tela bordada descansaba encima de un costurero.

—Charlotte, esto no es sano —dijo él—. No es sano, cariño. Tienes que seguir con tu vida.

—¿Y qué diablos sabes tú al respecto, Nic?

—Tienes razón —admitió él—. No sé nada. Ahora, es mejor que me vaya. Tengo trabajo que hacer y...

—No, Nic —exclamó ella mientras se llevaba las manos al rostro—. No quería decir eso. Es que...

—Sin embargo, los dos sabemos que es cierto.

—No... Por favor... Es que... No me he marchado de aquí ni una sola noche desde que ellos... Así es como me siento. Que se han ido de viaje y que van a entrar todos por la puerta en cualquier momento.

—Tranquila, Charlotte...

Nic trataba de comprender, pero, de repente, sus vacaciones en Fiji parecían un recuerdo muy lejano. Aquella mujer no era la misma con la que él había hecho el amor durante dos semanas.

—Deberías descansar. Anoche no dormiste mucho.

–Después de un trayecto tan largo, ¿no te vas a quedar al menos a tomar un café?

–Es mejor que me vaya. Te veré pronto.

–¿Pronto? –preguntó ella con ansiedad–. Ven a cenar. Te debo una cena, ¿no? –añadió, como si esperara
que él rechazara la invitación–. ¿Qué te parece mañana
por la noche?

–Ya te llamaré...

Nic comenzó a andar por el pasillo en dirección a las
escaleras. Charlotte lo siguió.

–A las siete. Haré algo especial. Por favor, Nic...

¿Cómo podía él resistirse a aquellos ojos?

–Está bien. Hasta mañana.

Realizó el trayecto de vuelta con la ventanilla ba-
jada. No podía sacarse de la cabeza la imagen de Charlotte en la habitación de sus padres. El dolor era aún tan
fuerte, tan nítido. Y habían pasado ya dos años.

Charlotte había convertido aquella casa en un mausoleo para su familia. Por lo poco que sabía de su vida,
desde la muerte de sus familiares, las vacaciones en Fiji
habían sido la mejor decisión tomada en aquellos dos
años.

Sin embargo, en aquellos momentos volvía a estar
en su casa. ¿Se centraría en sus nuevas experiencias o
volvería a sentirse satisfecha con vivir de los recuerdos
del pasado durante el resto de su vida? Eso no era vida.
Ni siquiera se le parecía.

Capítulo 13

CHARLOTTE pasó a duras penas el día, pero la noche fue un maratón de resistencia. No hacía más que dar vueltas, lamentando su comportamiento. Nic había tratado de ayudarla y ella había reaccionado de un modo grosero, cruel y arrogante. Lo había acusado de no comprenderla por su propia historia personal. Había pronunciado unas palabras que ya no podía borrar.

A través de la ventana, observó cómo el cielo oscuro de la noche se teñía de tonos rosados. Nic había sido sincero. Sus palabras habían tenido como motivación el bienestar de ella. Durante un par de semanas, él le había hecho olvidar todo aquello, pero regresar a casa había sido como dar un paso atrás.

Él tenía razón. Vivir en aquella casa rodeada de recuerdos del pasado no era manera de vivir. Sabía que su familia serían los primeros en decirle que siguiera adelante con su vida.

Su teléfono móvil comenzó a vibrar sobre la mesilla de noche. Se sintió algo desilusionada al ver que se trataba de Suzette.

—Iré a verte esta tarde sobre las cinco —le dijo su amiga—. Tengo unas muestras para el desfile y quiero que les eches un vistazo.

—Bueno, Nic iba a venir esta noche a cenar...

—¿Y eso? Pensaba que lo vuestro había terminado.

Charlotte cerró los ojos.

—Suz, ¿tienes unos minutos? Necesito hablar...

Después de la llamada de teléfono, Charlotte se ocupó de preparar la cena. Ostras, un guisado de cordero y patatas y una crema dulce de jerez. Una cena simple que le daría tiempo para disfrutar de la compañía de Nic y, con suerte, disipar la mala sensación con la que se habían separado.

Puso la mesa en la bodega con su mejor cubertería y su mejor vajilla. Entonces, eligió los vinos para cada plato y fue a prepararse.

Desgraciadamente, Suzette llegó tan solo diez minutos antes de que llegara Nic. Charlotte consultó el reloj.

—¿Podemos subirlos a mi dormitorio? —sugirió. No quería que él la viera rodeada de vestidos de novia.

—Te has olvidado ya de Flynn, ¿verdad? —le preguntó Suzette unos minutos más tarde, mientras observaba cómo Charlotte colocaba un vestido sobre la cama.

—Te aseguro que no me he olvidado más de nadie en toda mi vida.

—Bien. A pesar de todo, espero que esto no te disguste. ¿Qué te parece este como final de desfile? —le preguntó mientras le mostraba un vestido hecho a mano. Tenía el corpiño cubierto de perlas, que parpadeaban como estrellas en la noche—. Te sentaría estupendamente.

—Es muy bonito —replicó ella—, pero yo no soy modelo. Además, estaré muy ocupada asegurándome de que todo va bien y de que la gente está comprando.

—Me parece bien. Jamás te pediría que hicieras algo con lo que no estás cómoda, pero pensé que podría ayudar a exorcizar un par de demonios.

—Ya se han exorcizado. Me siento mejor de lo que he estado en los dos últimos años.

–Eso ya lo veo –afirmó Suzette–, pero ten cuidado con ese Nic, Charlie. No quiero ver que te hacen daño de nuevo.

Charlotte apartó la mirada.

–Lo sé. Tendré cuidado. Es que... a veces pienso que tal vez si él supiera...

–¿Supiera qué?

«Que lo amo y que no me puedo imaginar la vida sin él».

–No importa –replicó sacudiendo la cabeza–. ¿Qué hay en esta caja?

Levantó la tapa y sacó un vestido de tul con una tiara para el velo a juego.

–Por lo que me has dicho, es un hombre perfecto para una aventura, pero nada más...

Charlotte no iba a discutir, y mucho menos cuando estaba tan cerca de dejar al descubierto sus sentimientos.

–Tienes razón. Como siempre. Este es precioso –comentó–. ¿Me lo puedo probar?

No esperó a que Suzette respondiera. Se colocó la tiara sobre la cabeza y dejó que el tul le cayera suavemente por el rostro. Una máscara tras la que ocultar las lágrimas que le llenaban los ojos.

Suzette la ayudó a ajustarse la tiara. Entonces, se giró y vio su reflejo en el cristal de la ventana, oscurecido por la noche. Durante un instante, se atrevió a soñar lo imposible.

Nic llegó con unos minutos de anticipación. Había visto un coche al llegar a la casa, por lo que había apagado las luces y se había detenido. Una rubia alta había descendido del vehículo con un montón de cosas en las manos. Después de abrazarse, las dos mujeres había entrado en la casa. Supuso que se trataría de Suzette.

Mientras acercaba el coche hacia la casa, vio que se iluminaba una ventana de las del segundo piso. Aparcó detrás del todoterreno de la rubia y, en ese momento, vio que Charlotte aparecía en la ventana. Llevaba algo blanco sobre su oscuro cabello. Evidentemente, quería mirarse en el cristal. Aquella era precisamente la razón por lo que Charlotte y él no funcionarían a largo plazo.

Sin embargo, sintió que se le hacía un nudo en el estómago. Si permanecía sentado allí más tiempo, podría ver más de lo que debía y quería ver. Charlotte estaba esperándolo. ¿Qué pensaría si se asomaba más a la ventana y lo descubría sentado en el coche observándola como si fuera un mirón?

Tomó el ramo de narcisos y se dirigió hacia la puerta principal. Entonces, hizo sonar el timbre.

Un instante más tarde, la puerta se abrió y la rubia le sonrió.

—Hola. Tú debes de ser Nic. Mi nombre es Suzette.

—Hola.

—Pasa. Charlotte bajará dentro de un momento. Bonitas flores. A ella le encantarán.

—Creo que he venido en mal momento.

—En absoluto. Soy yo la que estorba. Solo he venido a dejarle unas cosas para el desfile.

—Me han dicho que eres una diseñadora de éxito.

—Eso me gusta pensar.

—¿Qué te parecen los diseños de Charlotte?

—¿Te los ha enseñado? —preguntó Suzette. Entonces, se echó a reír—. Claro que te los ha enseñado. A mí me encantan. Espero que nos deje utilizar algunas de sus creaciones para el desfile.

–Bien. Yo creo que podría tener éxito con ellos si se decidiera a ir en serio.

–Estoy totalmente de acuerdo. En ese caso, tendremos que unir fuerzas y convencerla para que lo haga –comentó ella. Entonces, miró por encima del hombro–. Aquí viene ella.

Charlotte descendió las escaleras vestida con un esponjoso jersey del color de la mantequilla fundida y unos leggings negros que moldeaban perfectamente sus piernas.

–Bueno, me alegro de haberte conocido, Nic –dijo Suzette.

Entonces, se marchó sin que Nic se percatara de ello. Estaba demasiado ocupado admirando a Charlotte. Cuando ella llegó a su lado, le entregó las flores y luego se inclinó sobre ella para darle un beso en los labios.

–Son preciosas, gracias. Voy a por un poco de agua. Ven.

El cálido y delicioso aroma de cordero y hierbas los recibió en el pasillo cuando los dos se dirigieron a la cocina. Una vez allí, Charlotte colocó las flores en un jarrón.

–Ahora, vamos por aquí –dijo–. Todo está preparado.

Lo condujo por un estrecho tramo de escaleras que salía de la cocina. El pulso de Nic se aceleró a medida que la escalera se hacía más angosta, como si las paredes se inclinaran hacia él. Sabía muy bien que aquella sensación solo era producto de su imaginación.

–La bodega es uno de mis lugares favoritos –comentó ella cuando llegaron–. Es íntimo sin resultar agobiante.

Nic no pensaba lo mismo.

–¿Te importa dejar la puerta abierta? –le pidió–. Tengo un poco de calor.

–Por supuesto, pero aquí siempre la temperatura es constante. Estoy segura de que te sentirás bien.

Colocó los narcisos en el centro de la mesa y miró encantada el efecto que hacían.

–Perfecto –dijo, con una sonrisa. Ella sonrió y las luces de la araña de cristal se le reflejaron en los ojos, dándoles la apariencia de estrellas.

Nic sonrió.

–¿Y cómo no lo iba a estar? Te has tomado todas estas molestias por mí.

–Nada es demasiada molestia por ti.

«Cuidado, Nic».

–Esto es genial –comentó él mirando a su alrededor–. ¿Dónde está el vino? ¿No debería haber vino en una bodega?

–Por aquí –le indicó ella señalando un arco cubierto por una reja de hierro forjado–. Te lo enseñaré más tarde. Ahora, siéntate –añadió. Sacó un plato de ostras al natural con una botella de vino de una cámara cercana–. ¿Vino?

–Permíteme...

–No. Yo soy la anfitriona y sé servir el vino perfectamente. Empezaremos con un Chardonnay. Este es uno de nuestros mejores vinos –le informó. Tras servir las copas, se sentó y tomó la suya–. Espero que te guste. Va muy bien con el marisco.

–Por el buen vino –brindó él mientras golpeaba su copa suavemente con la de Charlotte–. Muy bueno. Ahora, me gustaría que me hablaras de todo esto. De la bodega, de tu familia...

–Los antepasados de mi madre fueron unos de los primeros colonos alemanes en el siglo XIX. El tatarabuelo de mi abuelo emigró de Francia durante la fiebre del oro, hizo una fortuna y luego se vino a Barossa para cultivar la uva. Los Dumont siempre han vivido aquí. Y yo los he vendido...

—Eso no es cierto —dijo él mientras le acariciaba una mano con el pulgar de la suya—. Tienes una herencia de la que estar orgullosa, sea quien sea el propietario actual de la bodega.

La mirada de Charlotte se nubló y él supo en lo que ella estaba pensando. En su falta de herencia, de antepasados ilustres. Eran como la princesa y el vagabundo. Retiró inmediatamente la mano.

—Nic, sobre ayer...

—No hay necesidad.

—Yo creo que sí. Yo...

De repente, todo quedó a oscuras. Una oscuridad completa. Total. Nick cerró los ojos para no verla mientras su mente parecía entrar en el modo de supervivencia. «Respira, respira, respira». Se concentraba solo en pensar en aquella palabra y, sin éxito, trataba de imaginarse un lago.

—Ese maldito fusible debe de haberse fundido otra vez —oyó que Charlotte decía a través del espeso aire que lo atenazaba.

Ni siquiera intentó hablar. Si lo hacía, parecería un idiota. Notó que ella se acercaba a su lado y le tocaba el brazo.

—No te muevas. Volveré en un instante.

Aquella era la peor pesadilla de Nic. Ella iba a dejarlo allí, solo, en la oscuridad. «Miedica, miedica, que tiene miedo a la oscuridad». Antiguas súplicas. Antiguas burlas. Rostros que se acercaban al de él, cada vez más cerca hasta que no podía respirar. Sujetaban su mochila muy alto, como un trofeo, demasiado alta para que un niño pequeño pudiera alcanzarla. Agitando un trapo delante de sus ojos. «Enseñémosle una lección que no olvide nunca».

–¡Para! –exclamó. Entonces, comprendió que había dicho aquella palabra en voz alta cuando sintió que ella se sobresaltaba–. Te vas a tropezar. Voy contigo –dijo, a duras penas.

–Estoy bien –replicó ella alegremente–. Conozco el camino al dedillo. Tú no.

–Insisto –replicó. Se puso de pie dejando caer la silla al suelo. Al intentar esquivarla, se tropezó con ella.

–¡Cuidado! Creo que debería ser yo quien te ayudara a ti.

Sintió la mano de Charlotte y se aferró a ella como si le fuera en ello la vida.

–Estoy bien...

–No. No lo estás. Estás temblando... –dijo Charlotte con voz preocupada. De repente, lo comprendió todo–. Vamos –añadió suavemente. Entonces, lo condujo escaleras arriba–. Quince escalones. Cuéntalos.

Cuando llegaron a la cocina, pudo distinguir por fin las formas por la luz que entraba por la ventana. Entonces, Charlotte accionó un interruptor. La luz inundó la cocina. Nic se soltó inmediatamente de ella.

–¿Qué te ha pasado ahí abajo, Nic? –le preguntó con voz suave.

–¿De qué estás hablando? –replicó él–. Voy un momento fuera. Se me ha olvidado una cosa en el coche.

–Nic –dijo ella impidiendo que siguiera andando–. ¿Tienes miedo a los espacios cerrados?

–No seas ridícula.

–No estoy siendo ridícula. Típico de un hombre. Su peor miedo es admitir que tiene miedo a algo. El miedo no es una debilidad, Nic. Quiero ayudarte.

–Si quieres ayudarme, puedes hacerlo terminando esta conversación.

–Quiero ayudarte, Nic. Incluso el tipo más duro necesita apoyo de vez en cuando. El truco es reconocerlo y aceptarlo.

Nic trató de superar la situación echando mano de uno de sus fuertes. Bajó el tono de su voz hasta convertirla en un seductor murmullo.

—El apoyo no es precisamente lo que necesito de ti, nena.

—Es decir, te basto para tener sexo conmigo, pero no para apoyarte sobre mí y confiarme lo que te pasa, para ser alguien que importe.

—Maldita sea, Charlotte. No se trata de...

—Cuando se ama a una persona, se quiere ayudar a esa persona de todas las maneras posibles. ¿Por qué no lo ves?

Aquella palabra los dejó a los dos en silencio. Amor. Una palabra manida, demasiado utilizada. Sin embargo, sonaba tan bien, tan perfecta en los labios de Charlotte...

Nic decidió que no lo necesitaba. Estaba contento con su vida. Ninguna mujer querría a un hombre que se desmoronara cada vez que había un fallo eléctrico.

—Ya sabes que yo viajo solo, Charlotte. Eso te lo dije desde el principio.

—Entonces, ahora soy una amenaza para ti y para tu valiosa independencia.

—Lo único que te ofrecí fue un romance de vacaciones y tú accediste a ello. Siempre he sido sincero contigo.

—Sincero... ¿Es eso lo que estás siendo? —le preguntó ella llena de ira y frustración—. Mira, el problema que tú tienes es algo muy común y, a pesar de todo, tú lo niegas...

—No necesito que tú intentes psicoanalizarme.

—¿Es eso lo que crees? Te aseguro que es mucho más que eso, pero tú no estás dispuesto a compartir nada. Lo siento por ti.

Charlotte suspiró. Aquel sonido le llegó a Nic al corazón.

—No quería...

—Márchate. No quiero oírlo. Me han dejado fuera en muchas ocasiones. Me niego a que me vuelva a pasar. La gente a la que amo siempre se marcha. ¿Por qué ibas tú a ser diferente?

—Charlotte... —susurró él. ¿Por qué no podía encontrar las palabras que necesitaba pronunciar?

—Después de todo, tal y como tú has dicho muy claramente, lo nuestro nunca iba a ser nada más que un romance de vacaciones.

Tal y como lo dijo, como si fuera lo más casual del mundo, cuando, en lo más profundo de su ser, él sabía que no era así, le hizo querer confesar algo. ¿Qué? «Yo también te amo. Tal vez lo nuestro empezó como una aventura de vacaciones, pero ahora es mucho más que eso. No obstante, nunca podrá funcionar...».

—Vete.

—Está bien. Cálmate. Mañana...

Ella levantó una mano.

—No regreses, Nic. No quiero que vuelvas. Se ha terminado.

Nic tardó un instante en procesar lo que ella había querido decir. Entonces, el pánico se apoderó de él. Trató de encontrar una razón que le hiciera cambiar de opinión.

—Necesitarás ayuda con el desfile...

—¿Ayuda? —repitió ella con una sonora carcajada—. No creo que tú seas el más adecuado para hablar de ayuda. Decidí organizar el desfile porque quería darle algo a Kas y a los niños. Jamás tuve intención alguna de que tú formaras parte. Tú te invitaste. Bueno, pues yo te retiro la invitación. No necesito ayuda del mismo modo que tú no necesitas la mía. Estamos iguales.

–Si eso es lo que quieres...

–Sí.

Charlotte lo miró fijamente. No lloraba, pero lloraría muy pronto.

Nic se frotó el pecho, justo por encima del corazón, y sonrió.

–Adiós, Charlotte –dijo–. Ha sido muy divertido. Si regresas alguna vez a Fiji, búscame. Eso es si alguna vez puedes conseguir salir de este mausoleo.

Capítulo 14

ESO es lo último.

Charlotte se metió las manos en los bolsillos y observó cómo la última caja de recuerdos se cargaba en el camión. Le había costado dos semanas de lágrimas e insomnio ordenar las cosas de su familia y decidir con qué se quedaba y qué tiraba.

—¿Estás bien? —le preguntó Suzette.

—Lo estaré.

Entre la reorganización de su casa y la organización del desfile, no había tenido tiempo de lágrimas ni de lamentaciones. Había tomado una decisión y viviría con ella. Al menos, el hecho de estar tan ocupada le había evitado pensar demasiado en Nic, aunque solo a ratos. Las noches eran lo peor. Muchas veces tomaba el teléfono para llamarlo y decirle que había cambiado de opinión. Luego se acordaba que había sido él quien había insistido en que fuera algo temporal. La gran sorpresa había sido que fue Charlotte la que terminó la relación.

—Vamos a tomarnos un café antes de que llegue el anticuario.

—Buena idea.

Entraron en la casa para escuchar el sonido de los martillos y las taladradoras. En el salón principal, se estaba instalando un sistema de vigilancia para cuando ella abriera al público aquella sala. Aún tenía que decidir qué antigüedades vender y cuáles quedarse.

–Es la decisión correcta.

–Es cierto –murmuró Suzette–. Supongo que, después de todo, debo estarle agradecida a ese Nic por hacerte ver lo que yo llevaba dos años tratando de que vieras.

–Tal vez hayamos terminado, pero él ha sido lo mejor que me ha pasado nunca.

Suzette se detuvo en seco y la miró a los ojos.

–Sigues enamorada de él.

–Sí. Tardaré en olvidarlo, pero lo superaré con el tiempo.

–Te hizo mucho daño.

–Porque yo se lo permití, Suz. No fue culpa suya. Él jamás ocultó lo que quería. Ahora, vivo con las consecuencias.

Charlotte se detuvo en la entrada del atrio que su padre había mandado construir un año antes de morir. El sol entraba a raudales por las dos vidrieras, llenando la estancia de colores. Como el resto era de cristal transparente, la habitación tenía mucha luz natural.

Había pasado lo peor. Las cosas solo podían mejorar a partir de aquel momento. Sin embargo, algo bueno había salido de lo malo. Nic la había ayudado a reafirmarse como mujer. Ya no quería pasar desapercibida. Quería brillar.

–Me encanta esta habitación –dijo, sonriendo por primera vez en semanas. Entonces, señaló con la cabeza la pila de sillas de cafetería que se amontonaban junto a una docena de pequeñas mesas. Había vitrinas y perchas contra la pared–. Y la voy a convertir en mi sueño.

Nic contempló el océano. La bruma borraba la línea del horizonte al verse azotada por los fuertes vientos.

Era del color de los ojos de Charlotte. Por tercera vez en menos de quince minutos, estuvo a punto de tomar el teléfono. Aquella era la gran noche de Charlotte. Debería llamarla. Decirle que estaba pensando en ella y que le deseaba suerte.

Sin embargo, ella le había dicho que todo había terminado entre ellos. Lo último que quería hacer era reabrir viejas heridas.

Debería haberse marchado a Fiji tal y como era su intención, pero no había podido poner aquel sello de finalidad en su relación. Se sentía atrapado en un agujero que él mismo se había cavado, incapaz de desatar sus temores y compartirlos con alguien a quien le importaba, alguien que podía ayudarlo a superarlos. Alguien que lo amaba.

Recordó la última vez que vio a Charlotte. Ocurría algo en aquella escena... ¿Qué?

¿Acaso creía que se había liberado? ¿Era aquello lo que de verdad quería o se trataba más bien de una barrera que había erigido para mantener alejada a la gente, algo que lo ayudaba a ocultar el profundo anhelo que tenía de conectar con otros? De confiar y pertenecer. De ser aceptado por sus fallos y sus fracasos.

De repente, se dio cuenta de que no solo tenía miedo a los espacios cerrados. Tenía miedo de no ser lo suficientemente bueno. Tenía miedo al rechazo. Se había refugiado en su mundo informático del mismo modo que Charlotte se había refugiado en su casa. Necesitaba salir al mundo real con una mujer de verdad. Charlotte. Si no ponía sobre la mesa sus miedos y temores, jamás experimentaría la libertad que realmente ansiaba. Jamás encontraría el amor que sabía que podía encontrar con Charlotte. Si ella lo aceptaba. Un amor de verdad. Una vida de verdad, no un mundo de fantasía en el que esconderse.

Se levantó de la silla y, tras mirar el reloj, se dirigió al cuarto de baño. Aún tenía tiempo...

—Buenas noches, señoras y caballeros —dijo Charlotte con una sonrisa.

Esperó a que todos aplaudieran y la aclamaran. La prensa estaba allí bajo petición suya. Todos los que había invitado la estaban mirando. ¿De verdad estaba de pie frente a todas aquellas personas? La mano le tembló un poco al agarrar el micrófono.

—Gracias por venir y por apoyar esta buena causa. Como todos saben, he estado hace poco en Fiji y tuve la oportunidad de visitar una escuela local. Me gustaría darle las gracias a un hombre que no solo hace generosas donaciones, sino que dedica su tiempo y sus conocimientos todas las semanas para apoyar a esos niños —dijo mientras buscaba entre los asistentes el rostro del hombre que tanto ansiaba ver allí—. Su nombre es Nic Russo. Su trabajo es la inspiración del desfile de esta noche —añadió sintiendo que se le quebraba la voz—. Espero que todos contribuyan esta noche a esta buena causa.

Nic llegó a la puerta justo cuando Charlotte terminaba su presentación. Lo que vio le quitó el aliento. Charlotte iba vestida con un traje de color rojo, con escote palabra de honor, que se ceñía a todas sus curvas. Parecía una mujer segura de sí misma, que habría conseguido que cualquier hombre estuviera orgulloso de tenerla a su lado.

Y acababa de alabarlo a él. Ese hecho lo hizo sentirse humilde y orgulloso a la vez, agradecido de que

ella hubiera pasado a formar parte de su vida y la hubiera cambiado para siempre.

Cuando Charlotte se dio la vuelta para marcharse,
vio que el vestido tenía un escote muy profundo en la
espalda. Los zapatos de tacón de aguja, rojos y brillantes, asomaban por debajo del vestido mientras ella se
dirigía a una pantalla, tras la cual desapareció.

Se moría de ganas por hablar con ella, por volver a
tocarla. Tenía tanto que decirle... Sin embargo, tendría
que esperar. No quería distraerla, por lo que vio un sitio
al final de la sala y fue a sentarse en él.

El desfile empezó. Las modelos comenzaron a mos-
trar una serie de vestidos de novia y de noche. Por fin,
el presentador dijo:

—Y ahora, vamos a presentarle una lencería muy
sexy y sugerente. Nada demasiado atrevido. La que sí
lo es está disponible para que puedan inspeccionarla en
nuestro catálogo.

Las modelos comenzaron a desfilar con una lencería
que Nic reconoció sin duda como diseñada por Charlotte. Sin embargo, no estaba preparado para el gran final. Una morena de largas piernas apareció sobre la pasarela con un conjunto de camisola de gasa blanca sobre
un sujetador rosa y braguitas a juego.

Charlotte.

Nic ya no pudo pensar más.

Ella desapareció rápidamente por la cortina. Poco
después, volvió a salir ataviada con aquel fabuloso vestido rojo. El presentador le entregó el micrófono.

—Muchas gracias, señoras y caballeros. Eso ha sido
todo. No se olviden de comprar algo antes de marcharse. También tenemos en venta papeletas para una
rifa —dijo mientras señalaba a dos modelos que empe-

zaban a circular entre los asistentes–. El premio es un fin de semana en una misteriosa localización.

Con eso, Charlotte le devolvió el micrófono al presentador y comenzó a bajar de la pasarela por los escalones.

En aquel momento, Nic se subió de un salto a la pasarela y tomó el micrófono de las manos del sorprendido presentador.

–Señoras y caballeros, antes de que se marchen...

Todos los presentes murmuraron en voz baja y lo miraron con expectación. Sin embargo, él solo tenía ojos para una mujer, que se había detenido en seco en la alfombra y lo observaba completamente atónita.

–Buenas noches –prosiguió él–. Me llamo Nic Russo. Me gustaría tener la oportunidad de decir unas palabras sobre Charlotte. La conocí hace un mes en el aeropuerto de Tullamarine. Es una mujer capaz y creativa. Ya han visto los diseños que ha realizado. No sé ustedes, pero yo voy a comprar unas cuantas cosas para mi mujer especial, si no la colección entera. Por lo tanto, espero que se den prisa si no quieren quedarse sin nada. Principalmente, es una mujer que se preocupa. Vio una necesidad y la convirtió en una prioridad. Por eso estamos aquí esta noche. Por eso, les ruego a todos que la ayuden y ayuden al mismo tiempo a esos niños a tener un lugar fantástico en el que poder aprender y jugar.

Mientras entregaba el micrófono de nuevo al presentador, vio algo rojo que desaparecía por la puerta trasera. La siguió inmediatamente.

Los flashes se dispararon y los periodistas comenzaron a perseguirle.

–¿Tiene Dom Silverman algo que decir? –le preguntó alguien.

–Sí, pero lo diré más tarde –anunció él–. Ahora, os rogaría que desaparecierais. Tengo algo importante que decirle a la señorita Dumont. En privado.

Charlotte salió corriendo en dirección a la orilla del río. Su corazón amenazaba con dejar de funcionar por la sorpresa de lo que acababa de vivir y de por muchas más cosas.

No se podía creer que Nic siguiera allí. Se había decidido a asistir al desfile y le había dedicado todos los cumplidos que una mujer podía desear. Delante de todos los presentes, había dicho que ella era «su mujer especial». La había mirado al pronunciar aquellas palabras.

Amaba a Nic, pero había empezado una nueva vida. Una vida que no incluía corazones y sueños rotos que no se hacían realidad ni hombres que no estaban preparados para darlo todo, para compartirlo todo. La mitad no era suficiente.

Apretó los puños. ¿Cómo se había atrevido a presentarse en su evento después de dos semanas de silencio, a sonreírle de aquel modo y hablar de cómo se habían conocido como si no hubiera pasado nada?

Sintió que él se acercaba mucho antes de verlo.

–Charlotte.

–Hola, Nic.

–Esta noche has estado sensacional. Enhorabuena.

–Gracias.

–Parece que el desfile ha sido un éxito.

–Eso espero.

–Tengo que confesarte algo, Charlotte. Desde que nos separamos me siento perdido.

–Tal vez deberías pensar en cómo has llegado a esa situación y hacer algo al respecto –le espetó ella.

Un cálido dedo le tocó la nuca. Muy suavemente.

—¿Dónde están tus perlas?

—Ya no las necesito para recordar a mi madre. La llevo en mi corazón. He hecho cambios en mi vida, Nic.

—Me alegra oírlo. Espero que en esa nueva vida tengas sitio para mí, Charlotte, porque no puedo soportar no estar contigo. Te amo. Me alegro de que ese Flynn no supiera ver la mujer que eres porque ahora eres mía —susurró él mientras la rodeaba con sus brazos.

Los ojos de Charlotte se llenaron de lágrimas al escuchar aquellas palabras, pero se tensó al sentir el contacto del cuerpo de Nic.

—No voy a consentir que me dejes al margen, Nic.

—En ese caso, a ver qué te parece esto. Me llamo Nic Russo. Te amo y tengo claustrofobia. Me gustaría hablar al respecto si tú deseas escucharme. ¿Querrás hacerlo, Charlotte?

El silencio que ella guardó fue el más largo que Nic pudiera haberse imaginado. Entonces, ella asintió lentamente y se giró entre los brazos de Nic. Tenía los ojos del mismo color del océano y llenos de amor y comprensión.

—Sabes que sí.

—Entonces, ¿qué te parece si nos vamos de aquí?

—Supongo que sería mejor que primero les diéramos algo sobre lo que escribir a esos periodistas —dijo ella mientras señalaba hacia la puerta.

—¿Te refieres a esto? —le preguntó Nic. Entonces, la besó como ella se merecía.

Cuando Nic la soltó, ella negó con la cabeza.

—Me refería a algo de información. Ya nos hemos besado en público.

—Es cierto. Bueno, ¿estás preparada para ellos?

Charlotte le tomó de la mano y comenzó a caminar en dirección a los periodistas.

–Jamás lo he estado más.

Nic la colocó encima de la cama y los dos se desnudaron en silencio bajo la luz de la luna. Piel contra piel. Nada entre ellos. Susurros, murmullos, deseo, gozo. Hicieron el amor lentamente y cuando saciaron las necesidades físicas, se miraron. Y hablaron.

–En realidad, yo me crié solo –comenzó Nic mirando el techo–. Ya te he hablado de mi madre...

–Sí, Nic. Lo siento mucho.

–Pues aún hay algo peor –susurró él incapaz de mirarla–. La escuela a la que yo iba estaba en un barrio muy marginal. Allí, los matones del barrio me esperaban en el parque de camino a casa. Algunas veces me pegaban y, al día siguiente, se reían de ello en el patio del colegio.

–¿Y no se lo dijiste a nadie?

–Un día me atreví por fin. Se lo dije a mi profesor. Grave error. Unos días más tarde, me ataron, me pusieron una venda en los ojos y me metieron en un contenedor de basura en la parte trasera de unas tiendas.

–Dios mío, Nic...

–Estuve allí veinticuatro horas hasta que esos chicos se decidieron a confesar y la policía me encontró. Allí, tuve tiempo para pensar –bromeó–. Descubrí que se me daba muy bien inventar historias sobre cómo escaparía de allí y me cobraría mi venganza...

–¿Y lo hiciste?

Por fin la miró y sonrió en la oscuridad.

–Sí. Cuando gané mi primer millón por esas historias de venganza y justicia con las que había soñado. Las utilicé en mis juegos.

–¿Qué ocurrió cuando te encontraron?

–Mi madre cambió de trabajo, nos mudamos a un piso nuevo en una zona mejor y las cosas mejoraron. Sin embargo, he tenido claustrofobia desde entonces.

–¿No te ha visto un especialista?

–No. Ahora sí quiero que me vea. He aprendido algo más en estas últimas dos semanas –dijo. Tomó la mano de Charlotte y se la colocó sobre el corazón–. Mi mayor temor es exponerme a mí y a mi amor por ti y ver que tú ya no lo quieres.

–Por supuesto que lo quiero –susurró ella mientras le cubría el rostro con delicados besos–. Lo quiero todo. Lo que no podía soportar era que no me dejaras entrar. Era como si te hubieras marchado y eso me dolió tan profundamente como cuando mi familia murió. No quería volver a experimentar ese dolor una vez más.

–Ya no habrá más dolor. Cuando nos ocurran cosas malas, como inevitablemente ocurre en la vida, nos enfrentaremos juntos a ello. Ahora, te toca a ti explicarme tus planes para el futuro.

–Mis planes podrían haber cambiado –comentó ella.

–Cuéntamelos.

–He decidido utilizar parte de la casa para tratar de vender mi lencería. He cerrado algunas de las habitaciones para uso privado y he abierto el resto al público para vender algunas reliquias familiares. La gente puede venir, probar el vino de la bodega, ver ropa y comprar antigüedades.

–Pero si vendiste la bodega, cariño...

–Sí, pero Ella, la hija de los nuevos dueños, está interesada en mi idea. Va a asociarse conmigo. Si funciona, la puedo poner a ella como gerente y dedicar yo mi tiempo a otras cosas.

–Me parece un éxito garantizado.

–El único problema es la relación a larga distancia...

–No va a haber ninguna relación a larga distancia. Si lo de Ella sale bien, ella se puede hacer cargo del negocio mientras yo vivo en Fiji. Yo puedo trabajar en cualquier parte. Ya lo iremos viendo paso a paso. Lo importante es que lo veamos juntos.

De repente, el futuro se hizo muy prometedor, lleno de amor y esperanza.

Epílogo

Tres meses más tarde...

La playa estaba perfecta. La arena olía maravillosamente con el aroma fresco de la lluvia recién caída. Estaba cubierta de pétalos y adornada con antorchas que rodeaban al íntimo círculo de amigos que se habían reunido allí para la ceremonia.

Lo único que faltaba era la novia.

El ansioso novio iba vestido de blanco, tal y como se le había requerido y por el mismo motivo, descalzo.

Nic contuvo el aliento cuando el sonido de los banjos y ukeleles anunció la llegada de la novia.

Allí estaba. Su heroína. Su Charlotte. Durante un instante, los ojos se le llenaron de lágrimas porque su vida, su amor, su mundo, se acercaba a él con unos ojos del color de la bruma del mar y una radiante sonrisa en los labios.

Iba ataviada con un de las creaciones de Suzette y parecía una princesa con un vestido blanco que le llegaba hasta los pies desnudos. Se había entrelazado flores en el cabello y dos pesadas guirnaldas de idénticas flores le colgaban del cuello.

—Hola —susurró ella con una sonrisa. Entonces, se quitó una de las guirnaldas y se la colocó a él alrededor del cuello.

—Bienvenidos todos, amigos —dijo el pastor, sonriendo—. Estamos aquí en esta gloriosa tarde tropical para hacer oficial la unión de estas dos personas...

—Aquí estamos —dijo Charlotte más tarde, mientras bailaban en la improvisada pista de baile.

—Sí, aquí estamos —susurró él mientras se inclinaba sobre ella para darle un beso en los labios—. ¿Acaso pensaste alguna vez que no sería así?

—En alguna ocasión...

—Ni hablar. Yo fui tuyo desde el primer momento que te vi, cuando estabas delante de mí en la fila de facturación de Tullamarine. Y mi instinto nunca me falla.

—Te he echado de menos. Jamás pensé que una semana pudiera durar tanto tiempo.

—Tienes razón... —musitó él mientras le acariciaba la espalda con las manos.

Charlotte había permanecido en Adelaida una semana más que Nic para asegurarse una transición sin problemas en Viejo y Nuevo, el único lugar que ofrecía lencería y antigüedades mientras el cliente se tomaba una copa de vino o un café.

Decidió que jamás volverían a separarse. Ya era oficial.

—¿Está todo bajo control en tu negocio?

—Ella va a ser una gerente estupenda —dijo ella mientras saludaba con la mano a Suzette y a Tenika—. He hablado esta mañana con ella. Ya ha vendido tres juegos de lencería y una cómoda.

—Vaya... —murmuró él apasionadamente contra la oreja de Charlotte—. Hablando de lencería, ¿crees que esta fiesta puede seguir sin nosotros? Me muero de ganas por ver qué sorpresas tienes guardadas esta noche para mí.

—Y yo también me muero de ganas por ver las que tú tienes para mí —replicó ella con una sonrisa.

Le encantaba el modo tan sensual en el que se provocaban el uno al otro. La manera en la que cada uno era capaz de sacar lo mejor del otro. Entonces, Charlotte le tomó de la mano y comenzó a tirar de él hacia la casa.

—Vamos. Te lo enseñaré.

En el amor y en la guerra, todo valía

Jesse Moriarty llevaba toda la vida centrada en una cosa: asegurarse de que su padre pagase por el daño que le había causado a su familia. Tenía su objetivo muy cerca, pero un hombre se había interpuesto en su camino: Luc Sanchis.

Secuestrado en una isla griega con su intrigante y bella captora, Luc supo que tenía que descubrir sus secretos si quería salir de allí y volver al trabajo. Y solo había una manera de conseguirlo: mediante la seducción.

Una vez cambiados los papeles, no se sabía quién iba a quedar por encima.

HARLEQUIN *Bianca*

ABBY GREEN
Venganza exquisita

Venganza exquisita

Abby Green

Acepte 2 de nuestras mejores novelas de amor GRATIS

¡Y reciba un regalo sorpresa!

Deseo

ó mortal

LOVELACE

anca.	mpliendo
bía hecho
o de muer-
en la puerta
continuación,
ar como niñe-
descubrir cuál
s Dalton era el
esa Incluía pro-
, pero no enamo-
bre que al final re-
padre de Molly.
e Dalton, convertido
soltero, solo había
oridad: desvelar los se-
os que Grace se negaba a
revelar sobre su hija. De algún modo le sacaría la verdad y, mientras tanto, mantendría a la niñera a su
lado… día y noche.

No como niñera, sino como esposa

¡YA EN TU PUNTO DE VENTA!

Bianca

La verdad resultaba inconcebible

Roman Petrelli pensaba que no podía tener descendencia, así que se llevó una sorpresa al enterarse de que Isabel Carter había tenido una hija suya.

La única noche que Izzy pasó con Roman la dejó con algo más que un tórrido recuerdo. Con su pequeña formó la familia que siempre quiso tener.

Cuando Roman exigió formar parte de la vida de Lily, a Izzy le aterró que pretendiera arrebatársela. Pero Roman no iba a darse por vencido y usaría las armas que fueran necesarias para lograr su objetivo.

Heredera oculta

Kim Lawrence